Os sofrimentos do jovem Werther

Os sofrimentos do jovem Werther

J. W. Goethe

Prefácio
Joseph-François Angelloz

Tradução
Marion Fleischer

martins fontes
selo martins

© 1994, Livraria Martins Fontes Editora Ltda., São Paulo, para a presente edição.
Esta obra foi originalmente publicada em alemão sob o título *Die Leiden des jungen Werthers*.

Publisher	*Evandro Mendonça Martins Fontes*
Produção editorial	*Luciane Helena Gomide*
Acompanhamento editorial	*Maria Fernanda Alvares*
Preparação do original	*Maurício Balthazar Leal*
Revisões gráficas	*Rita de Cássia Sorrocha Pereira*
	Ana Maria de O. M. Barbosa
	Dinarte Zorzanelli da Silva

Dados Internacionais de Catalogação na Publicação (CIP)
(Câmara Brasileira do Livro, SP, Brasil)

Goethe, Johann Wolfgang von, 1749-1832.
 Os sofrimentos do jovem Werther / J. W. Goethe ; prefácio Joseph-François Angelloz ; tradução Marion Fleischer. – 3ª ed. – São Paulo : Martins Fontes, 2007. – (Clássicos)

 Título original: Die Leiden des jungen Werthers
 ISBN 978-85-336-2357-6

 1. Romance alemão I. Angelloz, Joseph-François. II. Título. III. Série.

07-1085   CDD-833

Índices para catálogo sistemático:
1. Romances : Literatura alemã   833

Todos os direitos desta edição no Brasil reservados à
Livraria Martins Fontes Editora Ltda.
Av. Dr. Arnaldo, 2076
01255-000 São Paulo SP Brasil
Tel. (11) 3116.0000
info@emartinsfontes.com.br
www.martinsfontes-selomartins.com.br

ÍNDICE

Prefácio: Um certo Goethe vii
Cronologia xxxv

Os sofrimentos do jovem Werther
Primeiro livro 5
Segundo livro 81

PREFÁCIO

Um certo Goethe

Johann Christian Kestner, o feliz noivo de Charlotte Buff, não imaginava que o futuro autor de *Werther* tomá-lo-ia como modelo de Albert, quando, em 1772, escrevia de Wetzlar a seu amigo Hennings: "Na primavera chegou aqui um certo Goethe, de Frankfurt, doutor em direito de profissão, com vinte e três anos, filho único de um pai riquíssimo, para se orientar *in Praxi*. Essa era, pelo menos, a intenção de seu pai; já a sua era estudar Homero, Píndaro etc. e dedicar-se a todas as ocupações que seu gênio, seu gênero de pensamento e seu coração fossem capazes de lhe inspirar além disso."

Quem era esse "certo Goethe", rapaz ainda pouco conhecido e em breve célebre, que após uma longa temporada em Estrasburgo ia viver em Wetzlar o romance de Werther?

Johann Wolfgang Goethe[1], nascido em Frankfurt em 1749, era filho de um rico burguês da cidade que zelou com carinho

---

[1] O leitor curioso encontrará facilmente todos os detalhes sobre a vida de Goethe na Cronologia e nas numerosas biografias que lhe foram consagradas.

por sua formação. Fez seus estudos primeiro em sua cidade natal, depois na Universidade de Leipzig; doente, deixou a Saxônia no dia 28 de agosto de 1768, para voltar para casa e se tratar. Depois de curado, seu pai mandou-o para Estrasburgo, onde ficou de abril de 1770 a agosto de 1771. Desse feliz período, reteremos sobretudo o que pôde contribuir para a formação de Goethe e o que se nos apresenta como uma prefiguração da estada em Wetzlar. O rapaz, de acordo com o desejo do pai, deve primeiro terminar seus estudos jurídicos; no dia 6 de agosto de 1771, é declarado licenciado em direito, título equivalente ao de doutor. Mas seu enriquecimento intelectual provém de outras fontes: encontra Herder, cinco anos mais velho que ele, já conhecido por seus trabalhos literários, e este lhe revela o valor da poesia popular, a grandeza de Homero, de Píndaro, de Ossian, de Shakespeare. Goethe admira Estrasburgo, em particular sua catedral, que lhe inspira um ensaio famoso sobre "A arquitetura alemã" (1772). Participa da vida da cidade e tem a sorte de ser introduzido numa pensão, cuja mesa ele iria celebrar no nono livro de *Poesia e verdade*. Aí conhece o atuário Johann Daniel Salzmann, o teólogo Franz Christian Lerse, que aparecerá em seu *Götz von Berlichingen*, os estudantes de medicina Friedrich Leopold Weyland e Johann Heinrich Jung, conhecido pelo nome de Jung-Stilling, os juristas Heinrich Leopold Wagner e Maurice Joseph Engelbach. Passeia a pé e a cavalo no campo alsaciano, cuja opulenta beleza logo descobrirá do alto da catedral.

No curso desses passeios, em outubro de 1770, seu colega Weyland o introduz no presbitério de Sesenheim, onde descobre a encantadora filha do pastor, Frédérique Brion; retorna com frequência ao lugar, onde passa uma temporada, e é o célebre "idílio de Sesenheim" o primeiro grande amor feliz do poeta, que dura até o fim da sua estada; por volta de 7 de agosto de 1771 se despede da amiga sem lhe dizer que aquele adeus é definitivo.

Graças a Goethe, amante infiel, a humilde moça da Alsácia ia ser imortalizada pelo gênio, primeiro no poema "Boas-vindas e adeus" (*Willkommen und Abschied*, 1771), que assinala o início do lirismo alemão moderno, depois no "Canto de maio" (*Mailied*, 1771), grandioso hino ao amor humano, réplica terrestre do amor universal e fonte de inspiração do poeta.

Como, mais tarde, o herói de *Werther*, o jovem Goethe é presa de duas tendências antagônicas. De um lado, aspira a evadir-se da vida burguesa e calma para mergulhar na natureza e fundir-se no infinito; de outro, necessita reencontrar-se e apaziguar-se na rusticidade de um lar e nos braços de uma moça simples mais solidamente arraigada do que ele na vida de todos os dias. Na Alsácia, sua necessidade de evasão o havia levado a Sesenheim, cujo próprio nome evocava a meiguice de um lar, e Frédérique podia parecer-lhe a jovem que acolhia o viajante errante que ele evocará no poema *Der Wanderer*, composto no início de 1772; mas quando ela o visitou em Estrasburgo, despojada de sua auréola aldeã, decepcionou-o demais para que ele não temesse diminuir-se ligando-se a ela.

De Estrasburgo, como outrora de Leipzig, Goethe retorna a Frankfurt e retoma a vida no círculo familiar. Mas já não é o estudante doente de 1768: formara-se na escola da vida, do amor, da poesia; sente-se na aurora da verdadeira existência, sem saber ainda o que ela será. Seu pai está orgulhoso de seu sucesso jurídico, feliz em vê-lo inscrito no foro da sua cidade natal, e ajuda-o com alegria em suas causas. O poeta nascente que não tinha desejado tornar-se um pequeno burguês na Alsácia irá tornar-se um grande burguês frankfurtiano? Ele irá precaver-se contra isso; tendo voltado para casa em meados de agosto de 1771, manda no dia 28 de novembro uma importante carta a J. D. Salzmann, em que fala de sua cidade natal como sendo um ninho e um buraco: "*Nidus*, se você quiser. Bom para chocar passarinhos, mas também, em sentido figurado, *spelunca*, um buraco sujo. Deus me ajude a sair dessa miséria! Amém." O passarinho evade-se com frequência de sua gaiola: Goethe está sempre com o pé na estrada, a tal ponto que o chamam de "o viajante". Em particular, vai muitas vezes a Darmstadt, onde frequenta meios cultos e conhece Merck, que tornaremos a encontrar em Weimar. Ele quer realizar sua obra, compor um drama à glória de um grande alemão, Götz de Berlichingen, e, de maneira mais geral, exprimir tudo o que fermenta e ferve dentro de si. Na mesma carta a Salzmann, fala de um "nisus vorwärts", de um elã vital, que o projeta para a frente. A primeira evasão vai levá-lo, no mês de maio de 1772, a Wetzlar, onde se inscreve na "Corte de Justiça Imperial" e onde encontrará Charlotte Buff, que será a heroína de *Werther*.

A pequena cidade de Wetzlar sobre o Lahn, que desde o século VIII possuía um castelo e uma igreja importante, recebera em 1180 do imperador Frederico I os direitos de "cidade livre do Im-

Prefácio

pério" e em 1693 a "Corte de Justiça Imperial" (Reichskammergericht). Ela continuava a ser uma cidade medieval, que Werther dirá com razão não ser agradável. Kestner, que a descreve em 1767, e o jurista Johann Arnold Günther, em 1778, estão de acordo em considerá-la um "buraco" de ruelas estreitas e acidentadas cheias de imundícies, com casas mal construídas e pouco confortáveis[2]. Em compensação, a magnífica campina circundante, com o rio que serpeia entre os prados e as colinas coroadas de castelos, podia recordar a Goethe a planície da Alsácia e iria fornecer-lhe o cenário de Werther.

A única glória de Wetzlar era a Corte de Justiça Imperial, que atraíra Goethe. Criada em 1495 como corte suprema destinada a arbitrar com independência as disputas entre os príncipes e, também, a proteger os súditos contra seus soberanos, ela iria permanecer em Wetzlar de 1693 a 1808, data em que as vitórias napoleônicas acarretaram o desaparecimento do que ainda subsistia do fantasma do Sacro Império romano-germânico. A Corte trabalhava com tal lentidão que, em 1772, 16.233 processos estavam em instância; por isso o imperador José II enviara em 1767 uma missão de controle (Visitation), que estava, pois, em trabalho há vários anos quando Goethe chegou. Essa missão trouxera a Wetzlar novos funcionários, entre eles Kestner, secretário da legação de Hanôver, von Goué, secretário da legação de Brunswick, que seria substituído, em 1772, por Jerusalem Friedrich Wilhelm

---

[2] Utilizamos aqui os textos publicados por Heinrich Gloël em seu livro *Goethes Wetzlarer Jahre*, Berlim, 1911, p. 47-51.

Gotter, secretário da embaixada da Saxônia-Gotha, Heinrich Christian Boie, poeta e editor do *Almanaque das musas de Göttingen*, que apareceu a partir de 1770 e no qual publicaria em 1774 poemas de Goethe.

A população de Wetzlar compreendia, ao lado da gente de todas as pequenas cidades, uma sociedade bastante diferente, a dos membros da Corte, juristas e, por vezes, poetas, que criara uma vida mundana regida por uma etiqueta caduca, em que por vezes os títulos de nobreza valiam mais que o valor pessoal. O jovem poeta foi logo reivindicado e absorvido por um grupo de juristas encontrados à mesa da pensão. Eles formavam ao mesmo tempo um círculo literário, uma espécie de "mesa-redonda", em que cada um tinha o nome de um cavaleiro célebre e em que Goethe foi batizado de "Götz de Berlichingen, o Probo"; enfim, uma espécie de sociedade secreta de linguagem hermética e com diferentes graus de iniciação. Goethe, que necessitava do contato com os homens, encontrou, pois, em Wetzlar um círculo comparável aos que conhecera em Estrasburgo e em Darmstadt. Se em Estrasburgo seu amigo Weyland o levara a Sesenheim, junto de Frédérique Brion, em Wetzlar Gotter o introduziu na família Buff.

No meio da cidade encontrava-se o "Deutschordenshof"[3], Ofício dos Domínios da ordem dos cavaleiros teutônicos, criado em 1287 para administrar os bens da ordem. Era lá que morava o bailio Heinrich Adam Buff, nascido em 1710, que foi de 1740 a

---

[3] Ver Gloël, *idem*, p. 123.

1755 recebedor, depois, gerente da ordem. Em 1750, ele se casara com Magdalene Ernestine Freyer, vinte anos mais moça que ele; Kestner, que via nela "a mais perfeita criatura feminina", declara que a opinião pública chamava-a de "a melhor mulher do mundo", ou ainda, "a mulher de muitos e belos filhos". Efetivamente, ela teve dezesseis, quatro dos quais morreram em tenra idade; a segunda, Charlotte, nascida em 1753, iria ser a heroína de *Werther*.

A casa do bailio, como também o pavilhão de caça, para onde a família Buff por vezes se transportava, era frequentada com prazer pelos jovens da Corte de Justiça, notadamente por Gotter e Kestner. Este se apaixonou por Charlotte, quando ela estava com quinze anos, e, em 1768, escreveu-lhe que "sentir-se--ia o mais feliz dos homens se pudesse ter a esperança de possuir eternamente seu inestimável coração". Com o consentimento dos pais, Charlotte deu-lhe uma resposta favorável, e os dois jovens consideraram-se a partir de então noivos. Sem ser tão regularmente bela quanto sua irmã mais velha, Caroline, Charlotte tinha um físico agradável e, sobretudo, uma alma nobre e pura, um coração sensível, um espírito vivo. A esses dons eminentes, que a educação desenvolvera e valorizara ainda mais, ela acrescentava um senso do real e um talento de dona de casa que lhe permitiram substituir sua mãe quando esta faleceu em 1771. Uma segunda Frédérique, de um nível mais elevado que a primeira, assim se nos apresenta aquela que viria a ser a heroína de *Werther* — e, uma vez mais, Goethe só precisaria copiar a natureza que, poucas semanas após a sua chegada a Wetzlar, lhe proporcionava tal modelo.

O poeta-jurista evitava trabalhar na Corte de Justiça, que talvez não tenha sido mais que um pretexto para fazer uma peregrinação à cidade dos seus ancestrais. De fato, seu bisavô materno, o Dr. Cornelius Lindheimer, e depois seu avô aí haviam exercido funções jurídicas antes de se instalarem em Frankfurt. Seu pai também lá residira entre 1734 e 1738. Aliás, ele encontrou na cidade uma tia-avó, Frau Hofrat Lange, e foi com ela que, na tarde de 9 de junho de 1772, foi buscar Charlotte para levá-la ao baile de Volpertshausen, onde se encontraram com Kestner e Jerusalem. Nessa festa primaveril, o acaso quis reunir as personagens do drama que o poeta apresentará em *Werther*, e a gênese do romance vai nos mostrar como os episódios da vida deságuam na obra de arte.

A gênese de "Werther"

Se é sempre difícil, mas apaixonante, procurar e descobrir a gênese de uma obra literária, a de *Werther* parece colocar apenas problemas fáceis de se resolver, pois o romance foi composto em menos de três meses, do início de fevereiro ao fim de abril de 1774; ao que parece, temos aí uma criação totalmente espontânea, produzida de um só jato. Ora, Goethe escrevia a Lavater no dia 26 de abril de 1774, prometendo-lhe mandar seu manuscrito: "Tome cuidado com os sofrimentos do jovem que lhe apresento. Caminhamos lado a lado durante cerca de seis anos sem nos aproximarmos. Agora, emprestei à sua história meus sentimentos, e isso cria um conjunto surpreendente[4]." Seis anos nos levam a 1768, isto é, se não a Leipzig, que Goethe deixou em fins de agosto, pelo menos a Frankfurt, onde recobrara a saúde e descobrira uma nova religiosidade, a Estrasburgo, que foi para ele a cidade de Herder e de Frédérique, a Wetzlar enfim e de novo a Frankfurt. Além disso, em meados de fevereiro de 1774, falara numa carta a Sophie de La Roche de um trabalho que começara sem nunca ter tido a ideia de fazer do "tema" um "todo individualizado". Em março de 1774, escreve a Charlotte: "Esse tempo todo, talvez mais do que nunca, você esteve comigo. Mandarei imprimir isso para você o mais depressa possível. Será bom, caríssima. Pois acaso não me sinto bem quando penso em vocês?" Tudo acontece como se, querendo exorcizar o passado, transformando-o num "documento" literário, Goethe houvesse escrito um romance lírico, expressão do seu Eu, cujos episódios principais teriam por títulos: Lotte, Jerusalem e Maxe.

I. LOTTE

"Na primeira parte de *Werther*, é o próprio Goethe que é Werther", escreveria Kestner a seu amigo Hennings, no dia 7 de novembro de 1774. "Para Lotte e Albert, emprestou traços de nós dois, minha mulher e eu. Muitas cenas são inteiramente verda-

---

[4] Os textos que utilizamos a seguir figuram em geral na excelente e cômoda edição de Erich Trunz: *Hamburger Ausgabe* (tomo VI, 1951, p. 515-35); as cartas citadas aqui se encontram nas p. 520-3.

deiras, mas em parte modificadas; outras são estranhas à nossa história." De fato, descobrimos aí a história do amor que fulminou Goethe como um raio durante um baile, que ele descreveria de forma tão magnífica em seu romance. No dia seguinte de manhã, fez uma visita a Lotte e, assim como declara Kestner em sua carta a Hennings, aprendeu a conhecê-la do aspecto que lhe dá sua força, o aspecto "doméstico". Encontrou-a rodeada de irmãos e irmãs, a quem distribuía fatias de pão; a cena do romance que iria tentar gravadores e pintores também é, portanto, extraída da realidade, mas situada antes do baile. Ele volta todos os dias, brinca com as crianças, conversa com a moça que admira o gênio do visitante; ajuda-a em seus trabalhos de casa ou de jardinagem e entrega-se a um amor cada vez mais apaixonado e sem esperança. Tudo isso está em *Werther*, como os passeios e as conversas com Lotte e seu noivo, Johann Christian Kestner. Os três jovens logo se tornam amigos inseparáveis e "assim viveram, durante aquele magnífico verão, um idílio bem alemão, para o qual o fértil país fornece a prosa e uma pura inclinação para a poesia" (*Poesia e verdade*, livro XII).

Mas esse "idílio" não podia durar. Chegou o momento em que Charlotte teve de lhe declarar que ele não tinha o direito de esperar mais que amizade. Foi em 16 de agosto de 1772, diz Kestner, que admirava a fiel firmeza de sua noiva e lamentava sinceramente seu amigo, a ponto de este se lhe tornar ainda mais caro (*werter*[5]). Tão desesperado como estivera apaixonado, Goethe

---

[5] Carta a Hennings (*Hamburger Ausgabe*, t. VI, p. 516). Quiseram ver nesse comparativo *werter* a origem do nome do herói.

Prefácio

pensou em partir de Wetzlar e foi incentivado nesse projeto por seu amigo Merck[6], que, depois de lhe ter aconselhado fugir, veio vê-lo e lhe propôs acompanhá-lo numa viagem a Coblença. Goethe marcou a partida para 11 de setembro, e quis o acaso que, no dia 10, ele tivesse com Charlotte e Kestner "uma curiosa conversa sobre o estado do homem depois da vida"[7]. Essa conversa, que figura em *Werther*, precipitou sua fuga: no dia 11 de setembro, às sete horas da manhã, partiu de Wetzlar sem se despedir dos amigos. Voltaria por alguns dias, entre 6 e 10 de novembro de 1772, com seu futuro cunhado, Johann George Schlosser; no dia 11, escreveu a Kestner que era hora de partir, pois ele tivera na noite da véspera pensamentos bem ruins. Ainda que esse curto retorno a Wetzlar devesse lhe inspirar a segunda viagem de Werther no romance, tudo terminara para ele e, no fim de março de 1773, chegou a arrumar os anéis de casamento para seus dois amigos, que se uniram no dia 4 de abril.

Um apaixonado infeliz, que só pode encontrar a salvação afastando-se da bem-amada, teria dado um lamentável herói de romance, se não tivesse existido Jerusalem, que forneceria a Goethe um desenlace trágico e que o substituiria na segunda parte de *Werther*.

---

[6] Johann Heinrich Merck (1741-1791) conheceu Goethe em 1771 e exerceu sobre ele uma grande influência; o poeta, que fez dele um retrato entusiasta no décimo segundo livro de *Poesia e verdade*, tomou-lhe de empréstimo alguns traços para seu Mefistófeles.

[7] Diário de Kestner (citado por Gloël, *op. cit.*, p. 207).

II. JERUSALEM[8]

Nascido em 21 de março de 1747, em Wolfenbüttel[9], filho único de um teólogo protestante conhecido por seus sermões e seus escritos, Karl Wilhelm Jerusalem estudou mais tarde na Universidade de Leipzig, onde conheceu Goethe, e de Göttingen. No dia 22 de maio de 1770, o duque de Brunswick nomeou-o assessor da chancelaria; depois, em setembro de 1771, mandou-o a Wetzlar como secretário de legação na comissão de inquérito da Corte de Justiça, a fim de prepará-lo para as altas funções que lhe reservava. Em *Poesia e verdade* (livro XII), Goethe pinta-o como um homem de estatura média, aparência agradável, vestido à moda da Baixa Alemanha com fraque azul, colete de couro amarelo e botas de canos marrons[10], e Kestner o vê como um "bom rapaz melancólico". Ele tinha mais gosto pela filosofia, literatura e arte do que pelo direito, o que o aparenta a Goethe. Três experiências iam conduzir esse sonhador ao suicídio, as mesmas que deviam "minar" Werther: a atitude desdenhosa da sociedade, as relações com seu superior e um amor sem esperança.

---

[8] Consulte-se o importante capítulo de Gloël em *Goethes Wetzlarer Jahre*, p. 215-44.

[9] Pequena cidade do ducado de Brunswick conhecida em literatura pelo fato de o grande escritor Lessing (1729-1781) ter sido diretor da biblioteca. Ele escreveu notadamente *Emilia Galotti* (1772), drama burguês que seria encontrado na mesa de Jerusalem (ver o relato de Kestner utilizado por Goethe no fim de *Werther*). Foi Lessing quem, tomando-se de amizade por Jerusalem, publicou em 1776 seus escritos filosóficos póstumos.

[10] Este traje que, depois de Jerusalem, Werther iria usar no momento de seu suicídio foi posto na moda pelo romance; iria até "fazer furor".

Prefácio

Como pertencia a uma família burguesa que tivera acesso à corte de Brunswick e era amigo pessoal do príncipe herdeiro, Jerusalem tinha "acesso à sociedade" de Wetzlar. Assim, o conde de Bassenheim convidou-o um dia à sua mesa e o fez saber que o veria com prazer em suas "assembleias", isto é, suas recepções, em que, de costume, apenas os membros da nobreza eram admitidos. Portanto, certa tarde, Jerusalem apareceu numa "assembleia" do conde, sem que se saiba se, convidado para o almoço, ficara até a chegada das visitas, ou se, como está dito em *Werther*, quis apenas ir à recepção. A presença de um burguês causou escândalo, em particular do lado feminino. Jerusalem teve de sair da casa. O próprio conde deu-lhe as costas, assim como se contou mais tarde, ou apenas lhe pediu que se retirasse? Pouco importa. O caso é que o rapaz sentiu-se profunda e dolorosamente ferido por uma afronta que exprimia muito bem a mentalidade dos aristocratas da Corte de Justiça. Goethe utilizou essa cena em *Werther*.

Mais sensível ainda foi a atitude de seu chefe, o ministro plenipotenciário de Brunschwig, von Höfler, jurista sério, peguilhento e pretensioso, orgulhoso de sua recente elevação à nobreza (em 1768), que Jerusalem se recusava a chamar de "Excelência", porque o considerava "um asno numa pele de leão". As relações entre os dois se tornaram tão azedas que o governo ducal convidou o conselheiro de corte Franz Dietrich de Ditfurth, que se encontrava em Wetzlar, a mandar-lhe relatórios sobre a situação. Von Höfler multiplicou cada vez mais as humilhações, chegou a pedir que chamassem de volta seu "secretário" e conseguiu fazer com que a Corte o admoestasse.

Jerusalem teria ido embora com prazer daquela cidade, em que tudo tornava a vida dolorosa, mas não queria se afastar sem se justificar e, além do mais, estava perdidamente apaixonado pela Sra. Elisabeth Herd, mulher bela e culta, mãe de vários filhos, cujo marido, também secretário de legação, ciumento e suspeitoso — sem ter por quê, de resto —, se parece mais com Werther do que o próprio Kestner. Jerusalem não podia ter a menor esperança de conquistar a jovem mulher, e compreende-se que tenha se tornado cada vez mais melancólico, a ponto de falar com frequência da morte e encarar o suicídio como uma libertação. É significativo que o terceiro de seus escritos filosóficos, certamente redigido em Wetzlar, tivesse sido consagrado à liberdade e se achasse em sua mesa, como Kestner devia informar a Goethe em sua carta de novembro de 1772.

Nessas condições, bastou um incidente para provocar o desenlace fatal. No dia 28 de outubro de 1772, Jerusalem convida Herd para um banquete; leva-o de volta para casa, onde bebem juntos café, que diz à Sra. Herd ser o último; durante uma ausência de seu marido, ele se lança a seus pés e lhe faz uma declaração em regra de amor; ela o repele com indignação e, depois, pedirá ao marido que proíba sua casa ao pretendente, o que foi feito no dia seguinte. Naquele mesmo dia, 29 de outubro, Jerusalem manda um bilhete a Kestner para lhe pedir suas pistolas por causa de uma viagem próxima; recebe-as à tarde, paga pequenas dívidas, dá algumas ordens, passeia uma derradeira vez em seu lugar predileto, Garbenheim, onde toma chá sob as tílias. À noite, escreve algumas cartas de adeus e se mata entre meia-noite e uma da manhã.

No dia 30 de outubro, Kestner escreve em francês em seu "Diário": "Hoje sucedeu essa desditada catástrofe do Sr. Jerusalem. Toda a cidade o lamenta de modo geral." Goethe fica surpreso e abalado com a morte daquele a quem chamava sorrindo "o apaixonado", quando o encontrava errando ao luar; ficará profundamente comovido com os detalhes que poderá recolher durante sua curta estada em Wetzlar e, mais ainda, pelo relato que Kestner lhe enviará em novembro de 1772. Particularmente impressionado com certos detalhes, irá retomá-los palavra por palavra em *Werther*, cujo fim é totalmente tirado da realidade.

Goethe pôde extrair de sua experiência pessoal os elementos essenciais da primeira parte de sua obra, mas emprestaria a segunda de Jerusalem, que lhe forneceu inclusive o indispensável desenlace trágico. Mas deixará passar todo o ano de 1773 sem escrever seu romance; terá antes de rever Maxe, que entrementes se tornara a Sra. Brentano.

III. Maxe

Goethe parece ter cometido um erro de memória quando, no décimo terceiro livro de *Poesia e verdade*, fala-nos do casamento de Maximilienne de La Roche com Brentano e de sua instalação em Frankfurt, antes de evocar a morte de Jerusalem, sobrevinda em 30 de outubro de 1772, cuja notícia teria provocado em si a cristalização necessária. Sofrendo então dos mesmos males que ele, sentiu-se apaixonadamente emocionado: "insuflei nessa produção, que empreendi naquele mesmo instante, todo o ardor inflamado que não vê nenhuma diferença entre a poesia e a realidade".

Podemos dizer que, em novembro de 1772, Goethe já tem seu herói e o desenlace. Sabe o que deve ser Werther, tal como o definirá em sua carta de 1º de junho de 1774 a Gottlieb Friedrich Ernst Schönborn. O esboço dessa definição aparece primeiro na confidência que o conde de Kielmannsegg lhe fez em Wetzlar, entre 6 e 10 de setembro, a propósito de Jerusalem: "seu ansioso esforço para alcançar a verdade e a bondade moral minaram seu coração, de modo que suas infelizes tentativas de vida e de paixão levaram-no à sua triste resolução". Em termos semelhantes, Goethe escreve, no dia 26 de novembro de 1772, à Sra. de La Roche: "Um coração nobre e uma inteligência penetrante com que facilidade passam de sentimentos extraordinários a tais resoluções." Além disso, Goethe possui seu desenlace: o suicídio, pois, por assim dizer, ele o viveu por pessoa interposta, graças a Jerusalem. Goethe conta no décimo segundo livro de *Poesia e verdade* que, nessa época, pensava muito no suicídio e que, por vezes, antes de dormir, tentava enfiar algumas polegadas de um punhal no peito; nunca o tendo conseguido, acabou rindo de si, de suas ideias negras, e decidiu viver. Jerusalem, ao contrário, decidira morrer, e esse suicídio real fornecia a Goethe o ponto de apoio de que necessitava; fazia o desenlace sair do domínio da ficção romanesca, e graças a ele o inverossímil ou o excepcional se tornava verdadeiro, autêntico.

Prefácio

Além do mais, Jerusalem oferecia a Goethe o recuo necessário ou, para empregar um termo consagrado, o "distanciamento". Sabemos que, como diz a Eckermann, no dia 14 de março de 1830, só podia transformar em obra literária o que ele vivera intensamente, "o que lhe queimava as unhas"[11]; mas como exprimir a paixão no mesmo instante em que a tensão da alma alcança o máximo e como encontrar o ardor no momento em que ela se apaga? Com Jerusalem, era um outro ele mesmo que, infeliz como ele, por ele se sacrificava. Em seu duplo de Wetzlar, podia observar-se, ver-se, sofrer e morrer. Graças a ele, realizava-se aquela passagem do subjetivo ao objetivo, que Charles du Bos mostrou em seu *Goethe* constituir, para este, o ato criador por excelência. Assim podia nascer um romance lírico, que Walzel considerava "uma obra-prima da arte de se distanciar".

Mas, para que tal nascimento fosse possível, era preciso, ademais, que o poeta, depois de tomar o recuo necessário, se encontrasse numa atmosfera propícia à evocação de um passado já extinto: ele a vai encontrar em casa de Maxe, que frequenta em janeiro de 1774. E se, durante o ano de 1773, pôde apenas pensar no futuro *Werther*, no início de 1774 vai compô-lo.

Quando, em setembro de 1772, fugiu de Charlotte e Wetzlar, Goethe foi para Thal-Ehrenbreitstein, em casa de Sophie de La Roche (1731-1804), romancista influenciada por Richardson e Rousseau e cuja *Geschichte des Fräuleins von Sternheim* (História das senhoritas de Sternheim), publicada em 1771, fizera um grande

---

[11] *Conversações com Eckermann*, 14 de março de 1830.

sucesso; ela era a alma de um círculo em que reinava a sensibilidade na moda. Conhecera então sua filha Maximilienne, de dezesseis anos (nasceu em 1756), que lhe causou uma impressão tão forte que, em 20 de novembro de 1772, pediu à sua mãe autorização para lhe escrever. Mas, no dia 9 de janeiro de 1774, a jovem "Maxe" tornou-se, aos dezoito anos, a segunda mulher do merceeiro Brentano, que tinha trinta e nove e era pai de cinco filhos; ela iria ser mãe do poeta romântico Clemens Brentano, assim como de Bettina, esposa de Achim von Arnim e autora da célebre "Correspondência com uma criança", testemunho da admiração amorosa que ela teve mais tarde por Goethe. Logo depois de seu casamento, Maxe veio residir em Frankfurt, na atmosfera pouco romântica da mercearia do marido. Compreende-se então que o jovem poeta tenha se apressado a ir visitar a moça, bela e inteligente, e que esta o tenha recebido com alegria. Goethe não tardou a se tornar um hóspede assíduo da casa, e um hóspede solícito, que incomodava muito o marido, mais ciumento que Kestner. No início do livro XIII de *Poesia e verdade*, Goethe falará de suas relações fraternas, mas no começo de fevereiro de 1774 havia escrito a Betty Jacobi: "Maxe é sempre o anjo que, pelas qualidades mais simples e mais preciosas, cativa todos os corações, e o sentimento que tenho por ela, sentimento em que seu marido nunca encontrará motivo de ciúme, faz a felicidade da minha vida." Portanto, o ciúme fizera seu ingresso no casal. Terá havido conflito entre os dois homens, ou entre os dois esposos? Goethe terá sido convidado a cessar suas visitas, ou se resignará mais uma vez a fugir, como declarará mais tarde no livro XIII de *Poesia e ver-*

dade? Não sabemos. Mas, no dia 16 de junho de 1774, ele confessa a Sophie de La Roche que o sacrifício que ele faz por Maxe não mais a vendo "lhe é mais caro (*werter*) do que a assiduidade mais apaixonada dos namorados (*Liebhaber*) e que, no fundo, é mesmo uma assiduidade".

O episódio teria podido ser banal, se não tivesse desencadeado no poeta o mecanismo criador, se não tivesse acendido de novo nele a chama ardente cuja necessidade ele sentia. Goethe se encontra na mesma situação que em Wetzlar, sente em si o estado de alma passado, mas agora está ponderado o bastante para transformá-lo em matéria de uma obra literária. Além disso, se Jerusalem lhe tinha permitido distanciar-se de si mesmo, o casal Maxe-Brentano lembra-lhe o par Charlotte-Kestner, a tal ponto que dará à sua heroína os olhos negros de Maximilienne e a seu noivo alguns traços pouco simpáticos de Brentano. Foi a atmosfera do início de 1774 que determinou a cristalização necessária para que a obra projetada tomasse corpo, e ela se realiza na forma de um romance epistolar.

O ROMANCE EPISTOLAR

Goethe sem dúvida não se perguntou por muito tempo que forma tomaria sua confissão lírica, pois a literatura de seu tempo lhe oferecia com *A nova Heloísa*[12], ela mesma inspirada por Richard-

---

[12] Ver a excelente edição de René Pomeau (Éditions Garnier).

son[13], o modelo do romance epistolar, e parece que, ao escrevê-lo, realizou o projeto que o preocupava desde há vários anos.

Só possuímos uma página, redigida sem dúvida depois de receber o relato de Kestner sobre a morte de Jerusalem e baseada nele, que possa ser considerada um trabalho preliminar ao romance; ela anuncia o desenlace e nos prova simplesmente que, como no caso do *Urfaust*, Goethe começava pela catástrofe final. Muito mais importante para nós é o que resta de um romance epistolar que ele escreveu no outono de 1770 ou no inverno de 1770-1771 e que mostra que, desde essa época, ele pensava romancear suas experiências amorosas[14].

A parte essencial desse fragmento é uma carta de Arianne a Wetty. Arianne – é um homem – escreve a sua boa amiga Wetty, que acaba de substituí-lo por seu próprio amigo, Walter. Beutler dá a seguinte interpretação: Goethe recrimina Käthchen Schönkopf de tê-lo esquecido para se casar; ele deve ter constatado que "as moças são moças e que, para elas, um homem é um homem". A lembrança de Leipzig – e, também, a influência de Herder – enche, pois, esse romance, que só se compunha de esboços e não se elevava acima do anacreontismo, a que o jovem Goethe ainda cedia. Foi preciso o idílio de Sesenheim para que ele conhecesse um amor verdadeiro, mas ele o cantará em sua poesia. Foi necessário o episódio de Wetzlar para que ele conhecesse o ver-

---

[13] Ver o livro documentadíssimo de Erich Schmidt: *Richardson, Rousseau und Goethe*.

[14] Estes dois textos são facilmente acessíveis na edição da Artemis Verlag, Zurique, tomo IV, p. 263-6 e 267; foram publicados pelo próprio diretor da editora, Ernst Beutler, grande especialista em Goethe, cujo comentário nos fornece as informações necessárias.

dadeiro sofrimento, mas não o exprimiu em nenhum poema: irá se livrar dele em *Werther*. O relato de seu amor infeliz formaria, segundo a fórmula de Beutler, um vínculo entre as verdadeiras cartas, nas quais Goethe confiou seus sentimentos por Charlotte Buff, e o romance, em que utilizou a forma epistolar para fazê-los passar do subjetivo ao objetivo.

O romance epistolar apresentava diversas vantagens, que foram muito bem postas em relevo por Gundolf em seu grande livro sobre Goethe. A carta se presta tanto ao relato quanto o romance, e tanto à explosão lírica quanto a poesia. Aliás, certas cartas são verdadeiros poemas em prosa. A carta não está ligada ao tempo da narrativa épica, que é o passado, ou ao presente, que é o tempo do lirismo. Ela pode falar igualmente de coisas passadas ou presentes, como também de acontecimentos pessoais ou alheios. Ela não tem por condição a distância temporal, que se impõe numa crônica, nem a ausência de distância, que permite a expressão poética. O que importa é uma distância espacial, o afastamento do amigo, que cria entre os dois correspondentes uma tensão comparável à do teatro; o amigo fictício que aceita ler a carta é o confessor que se necessita.

Portanto, Goethe não precisava mudar seu ponto de vista para o leitor, que se tornou seu confidente: quer pretendesse contar a história de Werther e suas aventuras, quer exprimir ideias pessoais, ele empregava a intermediação de seu herói. Não destruía a unidade e a continuidade do indivíduo alternando a primeira e a terceira pessoa; introduzindo o narrador no fim, obtinha um enorme efeito: o herói morto de repente aparece como um outro ele mesmo. Lograda essa unidade, ele podia, a seu bel-prazer, graças à mudança de tempo, alternar o relato e o lirismo, o geral e o pessoal, ou até deter-se sem risco em detalhes pitorescos, como o aparecimento de Lotte distribuindo fatias de pão a seus irmãos e irmãs, pois o leitor se tornava seu companheiro. Aliás, confidenciou que, para tornar as cartas mais vivas, imaginava seu amigo sentado à sua frente e a si mesmo lendo-as para ele.

Goethe em face de Werther

Sabe-se que, depois de escrever *Werther*, Goethe sentiu-se livre como "depois de uma confissão geral" e pôde-se dizer que o que o salvou foi a bala que matou seu herói. Não devia safar-se tão facilmente assim e, no curso da sua longa existência, encontrou mais de uma vez sua vítima.

O romance *Os sofrimentos do jovem Werther* fez sensação. Recebido com entusiasmo pelos amigos do poeta, inquietou os moralistas, a tal ponto que Friedrich Nicolai publicou, no início de 1775, uma caricatura satírica intitulada *As alegrias do jovem Werther*. Goethe escreveu em março:

> Dos sofrimentos de Werther
> E mais ainda de suas alegrias
> Preserve-nos, senhor Deus!

Prefácio

Perturbado pelas críticas que se faziam à obra, inscreveu em epígrafe, na segunda edição (1775), as duas quadras seguintes:

No início do primeiro livro:

> Todo jovem aspira a amar assim,
> Toda jovem aspira a ser amada assim.
> Ai! esse desejo, o mais sagrado de todos,
> Por que deve ser fonte de uma violenta dor?

No início do segundo livro:

> Tu o choras, tu o amas, cara alma,
> Tu salvas sua memória da vergonha;
> Vê, de seu antro seu espírito te faz sinal:
> Sê um homem e não me sigas.

Ele se dissocia tão bem da sua obra, que a relê pela primeira vez por inteiro no mês de abril de 1780, e com uma grande surpresa (*und verwunderte mich*). Três anos depois, escreve a Kestner, no dia 2 de maio de 1783, que voltou a seu romance, não para pôr a mão no que fez tamanha sensação, mas para melhorá-lo graças a alguns acertos. Quer, notadamente, apresentar Albert de tal maneira que o leitor não se possa enganar. No dia 25 de junho de 1786, informa à Sra. de Stein que continua suas correções e sempre acha que "o autor agiu mal não se matando depois de ter acabado de escrever seu livro". Esse trabalho foi, aliás, escreve-lhe no dia 22 de agosto de 1786, *mein schwerstes Pen-*

sum: modificou em particular o fim do relato e deseja ter sido bem-sucedido[15].

Werther persegue-o em todos os lugares, muito embora sua evolução já tenha feito dele um clássico, e, na Itália, acachapam-no com questões mais ou menos indiscretas, a tal ponto que exalará seu mau humor num dos *Epigramas venezianos* e numa das Elegias romanas; aquilo se torna "uma calamidade que o perseguiria até na Índia". Quando Napoleão conversa com Goethe em 1808, é de Werther que falam. O ator Talma e sua mulher, a quem convidara, convidam-no por sua vez a ir a Paris, onde encontrará seu *Werther* em todas as alcovas.

Passam os anos, e Goethe, que agora passou dos sessenta, empreende a redação das suas memórias, a que dará o título que se tornou célebre: *Poesia e verdade*. Nelas, narra os episódios que estão na base de seu Werther, mas o faz com grande reserva, pedindo ao leitor para não procurar sempre nessa obra o que é "verdadeiro", mas lê-la como um todo poético. Chegara o momento em que ele reflete sobre sua obra de juventude e se espanta não por tê-la escrito, mas por ter podido suportar durante mais de quarenta anos uma vida que lhe parecera tão absurda, que ele se imolara em efígie. Numa carta de 26 de março de 1816 a Zelter, que acabava de perder o filho mais moço, explica essa contradição pelo talento, que lhe permite evitar as situações opostas às suas tendências profundas. A Eckermann ele declarava no dia

---

[15] Esta segunda versão, publicada em 1787, é a que se imporá. Foi ela que traduzimos, tomando como base o texto da edição de Hamburgo, t. VI.

2 de janeiro de 1824, a propósito de Werther: "É uma criatura que, semelhante ao pelicano, alimentei com o sangue de meu próprio coração. São foguetes incendiários! Eles criam em mim um sentimento de mal-estar, e temo sentir de novo a situação patológica que os criou... Eu vivera, amara e sofrera muito!... Seria grave se todos não tivessem uma vez na vida uma época em que *Werther* parecesse escrito para si."

Nesse mês de janeiro de 1824, Goethe estava de novo, aos setenta e cinco anos, num estado de alma comparável ao de Werther. Em 1821, ele conheceu uma moça de dezessete anos, Ulrike von Levetzow, que torna a encontrar em 1822, depois em 1823; sua afeição paterna se torna uma paixão tamanha que pede a sua mão. Esta lhe foi recusada, e sua dor inspirou-lhe a célebre "Elegia de Marienbad"[16], composta no verão de 1823. Ora, em março de 1824, a editora Weygand, de Leipzig, que publicara *Werther* em 1774, quis lançar uma edição do Jubileu e pediu ao poeta um prefácio. Goethe retomou, pois, seu romance e reviveu-o com o sentimento de que continuava sendo Werther e sempre ameaçado pela paixão. O antigo e o novo amor se mesclaram e se fundiram no poema "A Werther", que devia ser o prefácio da nova edição e, também, a primeira parte da "trilogia da paixão", sendo a segunda a "Elegia de Marienbad" e a terceira, o poema "Reconciliação", inspirado em agosto de 1823 pela arte da pianista polonesa Marie Szymanowska. Tanto no caso de *Werther* como no de Tasso, a criação poética trazia a salvação. A prova disso nós a

---

[16] Ver nosso *Goethe*, p. 308-9, em que o leitor encontrará também uma bibliografia sucinta.

temos nos dois versos de Tasso[17] que figuram em epígrafe da "Elegia de Marienbad", o segundo dos quais termina o poema "A Werther" na forma de um voto:

> E se, em seus tormentos, o homem fica mudo,
> Deus me fez o dom de exprimir minha dor.

Agora, Goethe em si mesmo exorcizou Werther.

Conclusão

Traduzido em francês em 1775, Werther foi mal recebido pela crítica, mas adotado de saída pelo público, em particular pelas mulheres e os jovens, que descobriam um novo Jean-Jacques Rousseau mais lírico e mais dramático do que o autor da *Nova Heloísa* e dos *Devaneios de um passeante solitário*. *Werther* suscitou numerosas traduções (dezoito de 1776 a 1807) e imitações, e no fim do século XVIII conquistara tão bem os espíritos que Goethe foi durante muito tempo o "autor de *Werther*"[18]. Ninguém o compreendeu melhor do que Madame de Staël, que declarava: "*Werther* fez época em minha vida"; que via nele "o livro por excelência" da literatura alemã e o defendia inclusive de ser uma incitação ao suicídio. Inspirando-se nele, escreverá *Delphine*.

---

[17] *Torquato Tasso*. V. 5, 3.432-3.
[18] Tiramos essas precisões da excelente obra de F. Baldensperger: *Goethe en France* (Hachette, 1920).

Prefácio

Era normal que a geração romântica se entusiasmasse por uma obra que a antecipava em cinquenta anos, e não há poeta importante em quem não se encontre sua influência. Mais que isso, quando Chateaubriand empreendeu escrever *René* como uma espécie de "anti-Werther", "criou um Werther cristão, mais brilhante do que o outro, que se pôs ao lado do herói de Goethe em vez de derrubá-lo"[19]. Após 1830, Goethe se tornará "o autor do *Fausto*", mas, no prefácio que escreveu para a tradução de Pierre Leroux[20], George Sand não hesitava em celebrar *Werther*, obra-prima na qual Goethe é tão grande como escritor quanto como pensador. De fato, a esse duplo título, *Os sofrimentos do jovem Werther* são uma das obras clássicas da literatura universal.

---

[19] Baldensperger: *Goethe en France*, p. 40.
[20] *Werther* (Hetzel, 1845).

CRONOLOGIA

Infância (1749-1765)

1749. 28 de agosto: ao meio-dia, nascimento de Johann Wolfgang Goethe em Frankfurt sobre o Meno, cidade livre do Império (cerca de 36.000 habitantes).
Pais: Johann Kaspar Goethe, "conselheiro imperial" sem função (1710-1782) e Katharina Elisabeth Goethe, nascida Textor (1731-1808).
Irmãos e irmãs: Cornelia Friederike Christiana, nascida em 7 de dezembro de 1750. Quatro irmãos e irmãs mais moços que morreram crianças.
Estudos: frequenta primeiro uma escola pública, depois estuda em casa com professores particulares; em novembro de 1756, começa a estudar latim e grego; em fevereiro de 1758, francês; em setembro de 1758, desenho; em 1760, italiano; em 1762-1763, inglês e hebraico; em 1763, piano e direito.

1759. *1.º de janeiro: ocupação de Frankfurt pelas tropas francesas (durante a Guerra de Sete Anos); o conde Thoranc, tenente do rei, é alojado na casa de Goethe até 30 de maio de 1761.* O jovem Goethe frequenta assiduamente o teatro francês.

1763. 25 de agosto: Goethe ouve um concerto de Mozart (7 anos) e da irmã.
1764. *3 de abril: coroação de José II.* Goethe narra-o em sua autobiografia *Poesia e verdade*.
1765. Lições de esgrima e de equitação.

Estudos universitários (1765-1771)

1765. 30 de setembro: partida de Goethe para Leipzig, onde chega no dia 3 de outubro e inscreve-se na Universidade; faz, notadamente, os cursos de história, de filosofia, de filologia, de poética e de moral; interessa-se também por direito, medicina e ciências naturais. Frequenta o teatro e estuda na Academia de Belas-Artes, sob a direção de Oeser.
1766. Primeiros poemas, inspirados por Käthchen Schönkopf ("Annette").
1767. Escreve *Die Laune des Verliebten*.
1768. Fevereiro-março: estada em Dresden e visitas a museus.
Fim de julho: doença séria, que obriga Goethe a voltar para Frankfurt, aonde chega em 1º de setembro; só entrará em convalescência no início de 1769. Influência da Srtª de Klettenberg, pietista. Numerosas leituras, cujos vestígios em sua obra são importantes.
1769. Fevereiro: acaba *Die Mitschuldigen*, comédia em um ato, que durante os meses de junho-setembro ele transformará numa comédia em três atos.

Fim de outubro: viagem para Mannheim, onde visita a "Sala da Antiguidade".

1770. 30 ou 31 de março: partida para Estrasburgo, onde se inscreve na Universidade, empreende estudos jurídicos e faz, ao mesmo tempo, cursos de ciências políticas, de história, de anatomia, de cirurgia e de química.

22 de junho-4 de julho: viagem a cavalo pela Baixa Alsácia e pela Lorena (Saverne, Bouxwiller, Sarrebruck, Haguenau). Novo interesse pela geologia, pelas minas e pela metalurgia.

Trava conhecimento com Herder, que reside em Estrasburgo de setembro de 1770 a abril de 1771.

Outubro: encontro com Frédérique Brion e relação amorosa, contada mais tarde em *Poesia e verdade*; ela inspira "Mailied" e "Willkommen und Abschied".

1771. Verão: tradução dos *Cantos de Selma* de Ossian, que será incluído em *Werther*.

6 de agosto: licenciatura em direito.

14 de agosto: depois de se despedir de Frédérique, parte de Estrasburgo e volta para Frankfurt, passando por Mannheim, onde visita de novo a "Sala da Antiguidade".

Os anos de "Sturm und Drang" (1771-1775)

1771. 31 de agosto: Goethe é aceito pela ordem dos advogados; presta juramento no dia 3 de setembro; defenderá vinte e oito causas.

Setembro-outubro: estudo e tradução de Ossian.

14 de outubro: alocução *Zum Shakespear Tag*.

Novembro-dezembro: escreve em seis semanas *Geschichte Gottfriedens von Berlichingen mit der eisernen Hand dramatisiert*.

Fim de dezembro: conhece Merck (1741-1791).

1772. 14 de janeiro: *execução da infanticida Suzanna Margaretha Brandt*; Goethe (que teve conhecimento dos autos do processo) inspirar-se-á nela para a personagem de Gretchen em *Faust*.

Fim de fevereiro-começo de março: visitas repetidas a Merck, que em 1.º de janeiro assumiu a direção do "Frankfurter Gelehrt Anzeigen"; Goethe publicará oito resenhas nesse jornal, de março a dezembro de 1772. Visitas repetidas ao "Círculo das almas sensíveis" de Darmstadt ("Gemeinschaft der Heiligen"), que lhe dará o nome de "O viajante" (Der Wanderer).

Abril: Merck apresenta Goethe à romancista Sophie de La Roche (1731-1807) e à sua filha Maximilienne; esta terá um papel na gênese de *Werther*.

Maio-setembro: Goethe está em Wetzlar, onde se apaixona por Charlotte Buff, que será a heroína de *Werther*. Leituras e estudos de Píndaro, Homero, Goldsmith, Lessing (*Emilia Galotti*), que deixam numerosos vestígios em *Werther*.

10 de setembro: parte de Wetzlar, passa alguns dias com Merck em casa de Maximilienne de La Roche e volta a Frankfurt em 19 de setembro.

30 de outubro: *suicídio de Jerusalem em Wetzlar* (ver nosso prefácio à tradução de *Werther*).

6-10 de novembro: viagem de negócios a Wetzlar.

Poemas desse período, que são reveladores para o *Sturm und Drang*: *Wanderers Sturmlied, Der Wanderer, Mahomets Gesang, Ganymed* (1774).

1773. Fevereiro-março: segunda versão de *Götz von Berlichingen*; publicada em junho.

Primavera: estudo de Hans Sachs.

Maio: estudo de Espinosa.

Verão: começa *Faust*.

Verão-outono: trabalha em *Prometheus*; no início de outubro, terminou dois atos e interrompe o trabalho.

Início de outubro: escreve *Götter, Helden und Wieland*.

Meados de novembro: começa *Erwin et Elvire*.

1774. 15 de janeiro: Maximilienne de La Roche, que se casou com o comerciante Brentano, instala-se em Frankfurt, onde Goethe a visita.

1º de fevereiro: começa seu romance *Die Leiden des jungen Werthers*, que será concluído em abril e publicado no outono.

Primavera: concepção de *Egmont*.

Maio: escreve numa semana *Clavigo*.

15 de julho-13 de agosto: viagem pela região do Reno e do Lahn.

Começo de outubro: conhece os príncipes Carlos Augusto e Constantino de Saxe-Weimar, que vão a Paris.

1775. Janeiro: apaixona-se por Lili (Anne Elisabeth) Schönemann, filha de um banqueiro de Frankfurt; fica noivo na Páscoa.

Fevereiro-março: escreve *Stella*.

Início de abril: retoma *Claudine von Villa Bella*, que começara no início de 1774, concluindo-o em algumas semanas.

14 de maio-22 de julho: viagem à Suíça com os condes Stolberg e o barão de Haugwitz, durante a qual desenha bastante.

22 de setembro: de passagem por Frankfurt, o duque Carlos Augusto de Weimar, de 18 anos, que reina desde 3 de setembro, convida Goethe a visitá-lo em Weimar; o poeta aceita.

Outubro: desfaz o noivado com Lili Schönemann.

Setembro-outubro: escreve algumas cenas da primeira versão do *Faust*.

Primeira estada em Weimar (1775-1786)
Rumo ao classicismo

1775. 7 de novembro: Goethe chega a Weimar, onde frequentará intimamente as altas personalidades da Corte, entre elas Charlotte von Stein; ela se tornará sua amiga, sua educadora e será encontrada em várias de suas heroínas, particularmente em Ifigênia.

1776. Janeiro-fevereiro: pensa em permanecer em Weimar, estabelecer-se na cidade. O duque lhe concede uma remuneração de 1.200 táleres com pensão de 800 (16 de março), oferece-lhe uma casa (22 de abril), confere-lhe o direito de cidadania (26 de abril), nomeia-o "Geheimer Legationsrat" com assento e voz deliberativa no "Conselho Secreto", a mais alta instância do país, faz dele, no dia 25 de junho, funcionário do Estado weimariano. Goethe torna-se um verdadeiro ministro, encarregado de setores bastante diversos, como a exploração das minas e das florestas, o teatro e a vida cultural etc. Essas funções põem-no em contato com a realidade e contribuem para orientar o "Stürmer" que ele era em direção ao classicismo.

1777-1778. 16 de fevereiro de 1777: começa *Wilhelm Meisters theatralische Sendung*. No decorrer desses dois anos, suas novas funções levam-no a fazer numerosas viagens pelo ducado, notadamente de 4 de setembro a 9 de outubro de 1777, na floresta de Turíngia, e de 29 de novembro a 19 de dezembro de 1777, em Harz, de 10 de maio a 1.º de janeiro de 1778 a Potsdam e Berlim. Sua atividade poética se ressente; todavia, compõe alguns belíssimos poemas, como *An den Mond, Harzreise um Winter, Der Fischer, Grenzen der Menschheit*.

1779. Janeiro: o duque lhe confia a direção da Comissão militar e da Comissão das estradas.

14 de fevereiro: começa *Ifigênia em Táuride*, drama em prosa, que terminará em 28 de março; o drama é representado no dia 6 de abril por Corona Schröter (Ifigênia), Goethe (Orestes), o príncipe Constantino (Pílades) e Knebel (o rei Toas).

Maio-junho: Goethe trabalha em *Egmont*.

5 de setembro: é nomeado "Geheimrat".

12 de setembro de 1779-13 de janeiro de 1780: segunda viagem à Suíça.

1780. Primavera: nova versão de *Ifigênia*, em versos livres.

30 de março: concepção de *Tasso*.

23 de junho: é aceito como "aprendiz" na loja maçônica Amalia, em Weimar; um ano depois, será "companheiro" e, no dia 1º de março de 1782, "mestre".

16 de julho: apresenta numa leitura o que restará do *Urfaust*.

14 de outubro: começa *Tasso* em prosa. Compraz-se nos estudos de mineralogia; empreende uma coleção mineralógica e uma coleção de desenhos. Escreve em 1780 alguns poemas, como *Über allen Gipfeln ist Ruh, Meine Gröttin, Gesang der Elfen*.

1781-1786. Começa *Elpenor*, faz uma leitura do *Tasso*, trabalha em Egmont, é nobilitado por José II, continua a redigir *Wilhelm Meister* (livros 2, 3, 4, 5 e 6), começa e termina a segunda versão de *Werther* (concluída em agosto de 1786), faz várias viagens pela região de Harz. Dedica-se cada vez mais a pesquisas científicas e descobre o "osso intermaxilar" (março de 1784); desenvolve suas pesquisas botânicas e microscópicas.

A VIAGEM À ITÁLIA (1786-1788)

1786. 3 de setembro: escapa em segredo da estação de águas de Karlsbad para a Itália, passando por Eger, Ratisbona, Munique, Innsbruck, pelo Brenner e pelo lago de Garda.

14 de setembro-29 de outubro: de Verona a Roma por Vicenza, Pádua, Veneza, Ferrara, Bolonha, Florença, Perúgia; por toda a parte, faz observações botânicas, geológicas, me-

teorológicas; visita os museus, os edifícios antigos ou modernos, as igrejas, os parques; trabalha numa nova redação de *Ifigênia*.

Novembro de 1786 a fevereiro de 1787: primeira estada em Roma. Frequenta os pintores alemães instalados em Roma, em particular Wilhelm Tischbein (1751-1829) e Angelika Kauffmann (1741-1807), bem como o escritor Karl Philipp Moritz (1757-1793). Não cessa de visitar as obras de arte da Antiguidade e da Renascença; também visita os parques e o campo e continua suas pesquisas botânicas; interessa-se pela meteorologia. Observa a vida do povo e acompanha com curiosidade o carnaval romano. Faz numerosos desenhos, acaba *Ifigênia em Táuride* (última versão, em versos iâmbicos), trabalha em *Egmont, Tasso, Faust, Wilhelm Meister, Stella*.

1787. 22 de fevereiro-7 de junho: viagem a Nápoles, ao Sul da Itália e à Sicília. Pesquisas científicas e subida do Vesúvio (1º de março), visita a Pompeia (11 de março), Herculano (18 de março), Pesto (21-25 de março).

22 de março-2 de abril: viagem por mar de Nápoles a Palermo; é no jardim público dessa cidade que, no dia 18 de abril, a ideia da planta original se impõe a ele.

18 de abril-11 de maio: viagem pela Sicília: templo de Segesta (20 de abril), teatro antigo de Taormina (6-8 de maio), Messina (8-11 de maio).

11 de maio-2 de junho: volta a Nápoles por mar, segunda visita a Pesto (16 de maio), observação de uma erupção de lava no Vesúvio (1º de junho).

3-6 de junho: volta a Roma.
7 de junho de 1787-23 de abril de 1788: segunda estada em Roma.
Junho-dezembro: continua e aprofunda seus estudos anteriores; estuda metodicamente o desenho. Termina ou remaneja *Egmont* e *Elvire*, e trabalha em *Wilhelm Meister*.
1788. Fevereiro: Goethe faz o balanço: compreendeu que não tem vocação de artista, mas de poeta; decide ater-se a estudos artísticos, com a convicção de que, agora, aprendeu a ver. Faz projetos para sua obra literária e poética futura.
23 de abril: deixa Roma e, por Módena, Parma, Milão, o lago de Como, Chiravenna, Chur, Vaduz e Constança, volta a Weimar, onde se encontra em 18 de junho.

Weimar — A época clássica (1788-1805)

O duque libera Goethe de diversas funções, e este se afasta de Charlotte von Stein.

1788. 12 de julho: conhece Christiane Vulpius, que vai se tornar a companheira da sua vida e, mais tarde, sua mulher.
31 de julho: acaba *Tasso*, em que trabalha intensamente desde o outono de 1787; o drama será impresso no tomo VI das *Obras completas*, cujos oito volumes aparecem de 1788 a 1790.
9 de setembro: encontra-se pela primeira vez com Schiller, em casa da Sra. de Lengefeld, em Rudolstadt.
1789-1794. As viagens de Goethe não têm mais a mesma importância, mas convém mencionar:

a) uma segunda viagem à Itália, que fará de 12 de março a 20 de junho de 1790 para trazer de Roma a duquesa Anna Amalia; ecos da viagem em *Venetianische Epigramme*.

b) a participação na campanha da França (8 de agosto-meados de dezembro de 1792), da qual se faz "repórter" literário. Deve a essa campanha uma ideia mais concreta da Revolução Francesa, que suscitou um interesse apaixonado na Alemanha.

Publica apenas um pequeno número de novas obras poéticas, mas devemos assinalar seu ensaio *Einfache Nachahmung der Natur, Manier, Stil*, que é um verdadeiro manifesto do classicismo. Em compensação, é grande sua atividade científica, e publica o resultado de suas pesquisas em várias obras consagradas à metamorfose das plantas (1790) e à teoria das cores (*Beiträge zur Optik*, 1791, 1792 e 1793).

O acontecimento essencial é a amizade que vai ligar Goethe e Schiller e, graças a ele, realizar na Alemanha o que se pode chamar de uma escola clássica. Goethe encontrara Schiller uma segunda vez, no dia 31 de outubro de 1790, e conversara com ele acerca de Kant, cuja *Crítica do juízo* acabava de estudar. Encontram-se entre 20 e 23 de julho de 1794 em Iena, por ocasião de uma conferência científica, e discutem sobre a planta original, a metamorfose e as relações entre a ideia e a experiência no conhecimento da natureza. Tornam-se amigos e trocarão uma correspondência que é de infinita riqueza para a compreensão do classicismo alemão. Goethe aceita colaborar para a revista de Schiller,

Die Horen; trocam ideias, manuscritos e críticas, e, se Goethe publica nos anos seguintes obras consideráveis, devemo-lo em parte a Schiller. O primeiro resultado importante dessa amizade foi o grande romance educativo *Wilhelm Meisters Lehrjahre*, para o qual Goethe elaborara um esquema no verão de 1793; em maio de 1794, acaba o livro I, em setembro o livro II, em dezembro o livro III; a aprovação entusiasta de Schiller (e de Humboldt) estimula-o a tal ponto, que em 1796 a obra será acabada.

1795. Abril-maio: conclusão das *Römische Elegien*, em que se combinam a experiência italiana e o amor por Christiane Vulpius.

1797. Este ano é chamado "Das Balladenjahr", porque Goethe e Schiller rivalizam no gênero da balada; Goethe escreve: *Der Schatzgräber, Die Braut von Korinth, Der Gott und die Bajadere, Der Zauberlehrling*.

1803. *Die natürliche Tochter*.

1805. *9 de maio: morte de Schiller.*

É o fim do período clássico, durante o qual Goethe compôs numerosos poemas e escritos diversos.

A SAGA DE WEIMAR (1805-1839)

Goethe vai se tornar cada vez mais aquele que é chamado o "Sábio de Weimar"; graças a ele, a cidade é um centro de atração a que afluem os visitantes; ele segue com um interesse sempre agudo os acontecimentos de toda sorte e continua a enriquecer sua obra poética ou científica. Gostaríamos de indicar as etapas principais.

1806. 3 de março-22 de abril: conclusão de *Faust I*.

14 de outubro: *batalhas de Iena e Auerstädt*; a casa de Goethe escapa do saque, em parte graças a Christiane Vulpius, com quem se casa no dia 19 de outubro de 1806.

1807. 17-21 de maio: começa a escrever *Wilhelm Meisters Wanderjahre*.

1808. Esse trabalho é interrompido, porque a "novela" que queria inserir na obra se torna um romance, que será *Die Wahlverwandtschaften*.

2 de outubro: Goethe é recebido em audiência por Napoleão em presença de Talleyrand e outros dignitários; falam sobre *Werther*. Conversa com Napoleão nos dias 6 e 10; o Imperador convida-o a visitar Paris.

14 de outubro: recebe a ordem da Legião de Honra.

16 de outubro: visita de Talma e esposa.

1809. Trabalha de maneira contínua na sua *Farbenlehre*.

11 de outubro: resolve escrever sua autobiografia, *Dichtung und Wahrheit*, e termina *Die Wahlverwandtschaften*.

1813. 6-23 de dezembro: começa a redigir *Die italienische Reise*.

1814. 7 de junho: lê o *Divã* de Hafiz na tradução de Joseph von Hammer e sente o desejo de compor novos poemas.

25 de julho-27 de outubro: viagem à região do Reno, do Meno e do Neckar, durante a qual conhecerá Marianne Jung (mais tarde mulher de von Willemer) e um terno afeto os unirá; ela será a inspiradora do *Westöstlicher Divan*, cujos poemas Goethe compõe de 1814 a 1818.

1816. 6 de junho: morte de Christiane, sua esposa.

1817. Numerosos escritos científicos.

1821. Janeiro-maio: conclusão de *Wilhelm Meisters Wanderjahre*, cuja primeira versão publica.
1825. 26 de junho-17 de setembro: mais uma vez, passa uma temporada em Marienbad, estação de águas onde frequenta notadamente a Sra. de Levetzow e suas filhas; apaixona-se por uma delas, Ulrike, com quem gostaria de se casar, mas ela não se decide. Encontra-se na mesma situação que outrora, em Wetzlar, e compõe a *Trilogie der Leidenschaft*, que é um pouco o derradeiro eco de *Werther*. Um dos poemas, intitulado *Aussöhnung*, é inspirado pela música de uma pianista de São Petersburgo, Marie Szymanowska, cujo talento o emocionara profundamente.

   10-19 de outubro: leitura aprofundada de Byron, que lhe inspirará o personagem de Euphorion no segundo *Faust*.
1827. 21 de maio: retoma *Faust II*, que se torna seu principal trabalho.
1829. 1-27 de janeiro: termina a segunda versão de *Wilhelm Meisters Wanderjahre*.

   Fevereiro: retoma *Faust II*.

   Agosto: termina *Die Italienische Reise*.
1831. Janeiro-outubro: retoma e acaba *Dichtung und Wahrheit*.

   12 de fevereiro-22 de julho: retoma e acaba *Faust II*.
1832. 26 de março: Goethe falece às 11h30min.

Os sofrimentos do jovem Werther

Com zelo e dedicação coligi tudo quanto me foi possível encontrar a respeito da história do pobre Werther, e aqui vos apresento o fruto de minhas buscas, na certeza de que mo agradecereis. Não podereis recusar vossa admiração e vosso amor ao seu espírito, nem ao seu caráter, e com lágrimas acompanhareis o seu destino.

E tu, bondosa alma, que te sentes tão angustiada como ele, consola-te com os seus sofrimentos, e permite que este pequeno livro se torne teu amigo, se por destino ou culpa própria não tiveres outro mais achegado!

PRIMEIRO LIVRO

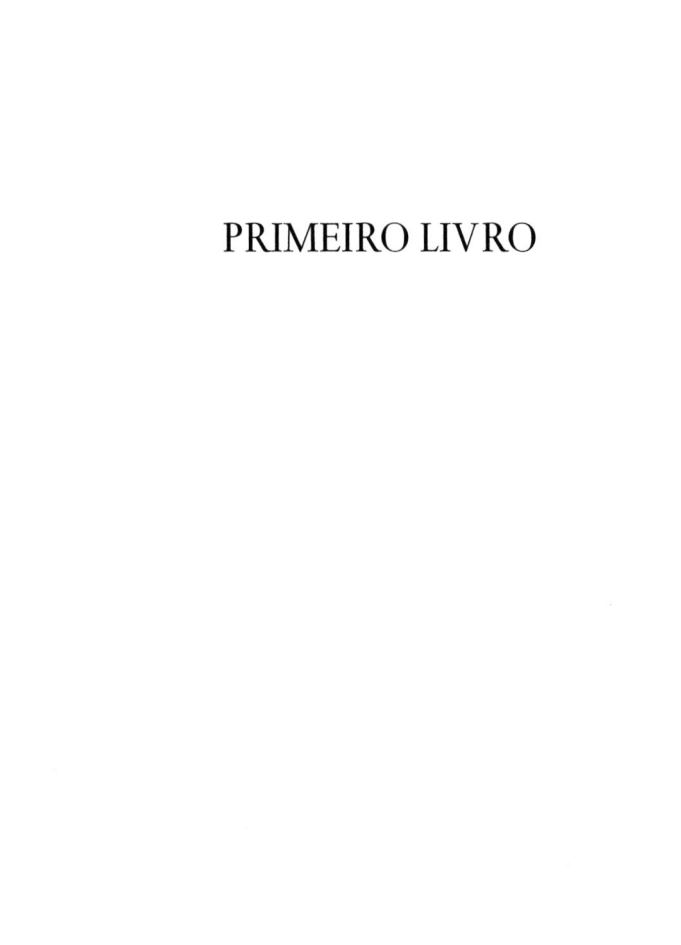

4 de maio de 1771

Como estou feliz por haver partido! Querido amigo, o que não é o coração humano! Deixar-te, a ti, a quem tanto estimo, de quem era inseparável, e estar feliz! Mas sei que me hás de perdoar. Minhas demais relações, todas elas não pareciam escolhidas pelo destino, para angustiar um coração como o meu? A pobre Leonora! No entanto, eu não sou culpado! Cabe-me alguma culpa, se em seu pobre coração cresceu uma paixão, enquanto eu encontrava uma distração agradável nas encantadoras extravagâncias da irmã? Contudo, estarei mesmo totalmente isento de culpa? Não terei alimentado os seus sentimentos? Não senti prazer perante as expressões sinceras de sua natureza, que tantas vezes nos fizeram rir, embora não fossem motivo para riso? Não... Ah, o que é o homem, para que se permita lamentar-se a respeito de si mesmo! Quero, querido amigo, prometo, desejo emendar-me. Não mais remoerei, como de hábito, os pequenos aborrecimentos que o destino nos reserva; fruirei o presente e considerarei o passado como passado. Certamente tens razão, querido amigo: os homens sofreriam menos se não se empenhassem tanto – e Deus sabe por que são feitos assim – em evocar as recordações de males do passado, em vez de tentar suportar um presente mediano.

Peço-te que digas à minha mãe que tratarei, da melhor maneira possível, do assunto de que ela me incumbiu, e que em breve lhe darei notícias a respeito. Fui visitar minha tia, e não achei que ela seja aquela megera, como dizem lá em casa. É uma mulher vivaz, impetuosa, de boníssimo coração. Expus-lhe as queixas de minha mãe sobre a retenção de sua parte da herança; ela explicou-me os motivos e as condições sob as quais estaria disposta a liberar tudo, e até mesmo algo mais, além daquilo que reclamamos – em suma, não desejo alongar a questão no momento. Por favor, tranquiliza minha mãe e dize-lhe que tudo se arranjará. E eu, meu amigo, convenci-me novamente, a partir deste pequeno caso, de que mal-entendidos e indolência talvez produzam mais equívocos no mundo do que a astúcia e a maldade. Estas duas, pelo menos, certamente são mais raras.

De resto, sinto-me muito bem aqui; a solidão, nesta paisagem paradisíaca, é um bálsamo precioso para o meu coração, e a estação da primavera aquece generosamente este coração tantas vezes angustiado. Cada árvore, cada sebe constitui um verdadeiro ramo de flores, e eu gostaria de me transformar num besourinho, para flutuar neste oceano de perfumes e neles encontrar todo o alimento.

A cidade, propriamente dita, é desagradável, mas em compensação existe ao seu redor uma natureza indescritivelmente bela. Este fato induziu o finado Conde de M... a construir seu jardim sobre uma das colinas, que se entrecruzam de modo variado e formam os mais encantadores vales. O jardim é simples, e logo à entrada percebe-se que sua concepção não foi realizada por um jardineiro artificioso, e sim por um coração sensível, que desejava, ele próprio, regozijar-se neste lugar aprazível. Já verti várias lágrimas à memória do falecido, no pequeno pavilhão em ruínas, seu recanto predileto, que também eu aprendi a amar. Em breve serei o dono do jardim. Nestes poucos dias, o jardineiro tornou-se meu amigo, e não terá motivo para arrepender-se.

10 de maio

Uma serenidade maravilhosa inundou toda a minha alma, semelhante às doces manhãs primaveris com as quais me delicio de todo coração. Estou só e entrego-me à alegria de estar vivendo nesta região, ideal para almas iguais à minha. Estou tão feliz, meu bom amigo, de tal modo imerso no sentimento de uma existência tranquila, que minha arte está sendo prejudicada. Neste momento não poderia desenhar uma linha sequer, e, no entanto, nunca fui um pintor mais abençoado do que agora. Quando, ao meu redor, os vapores emanam do belo vale, o sol a pino pousa sobre a escuridão indevassável da minha floresta, e apenas alguns raios solitários se insinuam no centro deste santuário; quando, à beira do riacho veloz, deitado na grama alta, descubro rente ao chão a existência de mil plantinhas diferentes; quando sinto mais perto do meu coração o fervilhar do pequeno universo por entre as hastes, as inumeráveis e indecifráveis formas das minhoquinhas e dos pequenos insetos, quando sinto a presença do Todo-Poderoso, que nos criou à Sua imagem, o sopro do Deus Amantíssimo que a todos nós ampara e sustenta em eterna glória — nestes momentos, meu amigo, quando a penumbra invade os meus olhos, o mundo ao meu redor e o céu repousam em minha alma como a imagem da bem-amada, muitas vezes arrebata-me um anelo ardente e fico pensando: "Ah, se pudesses expressar tudo isso, se pudesses imprimir no papel tudo aquilo que palpita dentro de ti com tanta plenitude e tanto calor, de tal forma que a obra se tornasse o espelho de tua alma, assim como tua alma é o espelho do Deus infinito!" — Meu amigo! — Mas soçobrarei, sucumbo ao poder da grandiosidade destas manifestações.

12 de maio

Não sei se espíritos enganadores pairam nestas plagas ou se é a imaginação cálida, celestial do meu coração que torna a paisagem ao meu redor tão paradisíaca. Nos arredores do lugarejo há uma fonte, uma fonte que me fascina tanto quanto a Melusina e suas irmãs. Desces uma pequena colina, e eis que te deparas com uma abóbada; a uns vinte degraus abaixo brota uma água límpida de um rochedo de mármore. O pequeno muro que no alto circunda a fonte, as grandes árvores que lançam suas sombras, a frescura do local, tudo isso tem algo de atraente e misterioso. Não passa um dia sem que lá não me detenha por pelo menos uma hora. Fico observando as moças que vêm do lugarejo para buscar água, cumprindo a mais inocente e a mais necessária das tarefas, outrora executada pessoalmente pelas filhas dos reis. Enquanto fico sentado naquele lugar, ressurgem na minha imaginação os costumes patriarcais, o tempo em que todos, nossos ancestrais, cortejavam as suas damas junto às fontes, e em que espíritos benfazejos pairavam ao redor de fontes e nascentes. Ah, incapaz de sentir tudo isso será somente aquele que nunca restaurou suas forças ao frescor de uma fonte, após uma caminhada exaustiva num dia de verão.

13 de maio

Perguntas se deves enviar-me os meus livros. Bom amigo, peço-te, pelo amor de Deus, que os mantenhas longe de mim! Não desejo mais ser conduzido, estimulado, excitado, pois meu coração, por si mesmo, já está suficientemente extasiado. Agora necessito de canções de ninar, e as encontrei em profusão no meu Homero. Quantas vezes vejo-me obrigado a apaziguar este meu sangue efervescente, pois nunca viste algo tão impaciente e inquieto quanto este coração. Meu amigo, a quem estou dizendo isto! Não foram inúmeras as vezes em que a ti coube ver-me passar da dor para o desregramento, da doce melancolia para a paixão desenfreada? De resto, cuido deste coraçãozinho como de uma criança doente, faço-lhe todas as vontades. Mas não conta isto a ninguém, há pessoas que poderiam incriminar-me por isso.

15 de maio

A gente humilde do lugarejo já me conhece e estima, principalmente as crianças. No início, quando me aproximava e os interrogava amavelmente a respeito disto ou daquilo, alguns acreditavam que eu estivesse fazendo troça deles, e me repeliam com bastante rudeza. Não me aborreci; apenas senti vivamente algo que já havia observado muitas vezes: as pessoas de classe social elevada sempre mantêm uma fria distância para com o povo simples, como se temessem perder a dignidade com a aproximação; depois há os superficiais e gaiatos, que fingem condescendência para, em seguida, fazer com que a gente humilde venha a sentir tanto mais intensamente a sua prepotência e petulância.

Sei muito bem que não somos nem podemos ser todos iguais. Acredito, entretanto, que todo aquele que julga necessário distanciar-se do assim chamado povão, a fim de manter o devido respeito, é tão condenável quanto o covarde que se esconde do inimigo por medo de ser vencido.

Outro dia fui até a fonte, e lá encontrei uma jovem criada que havia depositado a sua jarra no último degrau, olhando ao redor, à procura de uma companheira que a ajudasse a pôr o vasilhame na cabeça. Desci e encarei-a: "Quer que a ajude, jovem?" O rubor inundou-lhe a face. "Oh, não, senhor!" "Sem cerimônias!" Ela pôs a jeito o suporte, e ajudei-a. Ela agradeceu-me e afastou-se escada acima.

17 de maio

Travei conhecimento com várias pessoas, mas ainda não encontrei nenhuma companhia. Não sei o que em mim atrai as pessoas; há tantas que gostam de mim, e então fico magoado quando os nossos caminhos se separam logo em seguida. Se me perguntares como é a gente daqui, responder-te-ei: é como em toda parte! A espécie humana é sempre igual, não muda nunca. A maioria gasta quase todo o seu tempo para sobreviver, e o pouco que lhe resta de liberdade causa-lhe tanta preocupação que ela busca por todos os meios livrar-se desta carga. Ah, destino do homem!

Mas é uma gente boa! Às vezes, quando me esqueço de mim mesmo, quando partilho com eles as alegrias que ainda são concedidas ao ser humano: as brincadeiras, em clima cordial e franco, a uma mesa fartamente servida, um passeio de carro, um baile ou alguma diversão semelhante – nestes momentos sinto-me muito bem; apenas não devo lembrar-me de que em meu íntimo existem tantas outras forças inaproveitadas, que degeneram e que devo ocultar cuidadosamente. Ah, isso me aperta o coração! No entanto, ser incompreendido é o destino de pessoas como eu.

Ah, como lamento a morte da amiga de minha juventude! Ah, por que tive de conhecê-la? Eu poderia dizer: "És um tolo, buscas o que não se pode encontrar neste mundo." Mas eu a encontrei, senti o seu coração, a grande alma, em cuja presença eu parecia crescer para além de mim mesmo, porque eu era tudo o que podia ser. Bom Deus, havia, diante dela, uma única força de minh'alma que não fosse aproveitada? Perante ela, não podia eu desvendar todo aquele maravilhoso sentimento com o qual meu coração abraça a natureza? Não era o nosso convívio um constante entrelaçamento da mais delicada sensibilidade e da mais aguda inteligência, cujas modulações, até mesmo nos momentos de exacerbação, tinham todas a marca do gênio? E agora! Ah, alguns anos mais velha do que eu, ela teve de preceder-me no túmulo. Nunca a esquecerei, nunca a sua firmeza e divina paciência.

Há alguns dias conheci um jovem chamado V..., de espírito aberto e fisionomia muito agradável. Ele acaba de formar-se na Universidade, não se julga um sábio, mas acredita saber mais que os outros. Pude constatar várias vezes que ele foi muito estudioso, em suma, seus conhecimentos são sólidos. Ao saber que desenho muito e conheço o grego (duas habilidades incomuns por aqui), procurou-me e passou a discorrer com grande erudição sobre vários assuntos, de Batteux a Wood, de De Piles a Winckelmann. Assegurou-me ter lido toda a primeira parte da teoria de Sulzer, e possuir um manuscrito de Heyne sobre a arte antiga. Fiquei ouvindo.

Conheci, ainda, um outro homem excelente, o bailio do príncipe, uma pessoa franca e cordial. Dizem que é um prazer vê-lo em meio aos seus nove filhos. Elogiam, sobretudo, a filha mais velha. Ele convidou-me, e irei visitá-lo nos próximos dias. Ele vive num pavilhão de caça do príncipe a uma distância de uma hora e meia daqui, para onde lhe foi permitido mudar-se após a morte da esposa, uma vez que a permanência na cidade e na própria casa se lhe tornara por demais dolorosa.

Além disso, deparei com alguns indivíduos esquisitos e caricatos, nos quais tudo me é insuportável, sobretudo as demonstrações de amizade.

Adeus! esta carta haverá de ser de teu agrado, pois toda ela é estritamente objetiva.

22 de maio

Que a vida do ser humano não passe de um sonho, eis uma impressão que muitas pessoas já tiveram, e também eu vivo permanentemente com esta sensação. Quando observo as limitações que cerceiam as forças ativas e criadoras do homem, quando vejo como toda a atividade se resume em satisfazer as nossas necessidades, que, por sua vez, não visam a outra coisa senão prolongar nossa pobre existência; quando percebo que todo apaziguamento em relação a determinados pontos de nossas buscas constitui apenas uma resignação ilusória, uma vez que adornamos com figuras coloridas e esperanças luminosas as paredes que nos aprisionam – tudo isso, Wilhelm, me faz emudecer. Volto-me para mim mesmo e encontro todo um mundo dentro de mim! Novamente vejo-o mais a partir de pressentimentos e de vagos desejos, muito mais do que nitidamente contornado e povoado de forças vivas. Tudo então passa a flutuar diante dos meus sentidos, e eu prossigo sorrindo e sonhando na minha jornada pelo mundo.

Todos os pedagogos eruditos são unânimes em afirmar que as crianças não sabem por que desejam determinada coisa; mas também os adultos, como as crianças, andam ao acaso pela terra, e, tanto quanto elas, ignoram de onde vêm ou para onde vão; como elas, agem sem propósito determinado e, igualmente, são governados por biscoitos, bolos e varas de marmelo: eis uma verdade em que ninguém quer acreditar, embora ela seja óbvia, no meu entender.

Concordo – pois já sei o que me vais responder – que os mais felizes são aqueles que, como as crianças, vivem a esmo dia após dia, carregando suas bonecas, vestindo-as e despindo-as, rondando respeitosos a gaveta onde a mãe guardou o pão doce e gritando, com a boca cheia, quando finalmente conseguem o que cobiçavam: "Quero mais!" Estes são felizes. Também são ditosos aqueles que dão títulos pomposos às suas míseras ocupações ou até mesmo às suas paixões, alegando que se trata de empreendimentos gigantescos, destinados à salvação e ao bem-estar da humanidade. Bem-aventurado aquele que consegue ser assim! Mas aquele que humildemente percebe a que leva tudo isso, vendo como o cidadão, quando satisfeito, transforma o seu pequeno jardim num paraíso, como, por outro lado, até mesmo o deserdado da fortuna carrega corajosamente o fardo e segue o seu caminho, e como todos, afinal, desejam igualmente enxergar a luz do sol por um minuto mais — quem observa tudo isso recolhe-se no silêncio, molda o seu mundo à semelhança de seu próprio íntimo, e também é feliz porque é um ser humano. E então, por mais limitado que seja, guarda sempre no coração a doce sensação de liberdade, sabendo que poderá livrar-se do cárcere quando quiser.

26 de maio

Há muito conheces meu feitio de procurar um cantinho num lugar que me agrade, para aí me estabelecer e passar a viver com toda a modéstia. Também aqui encontrei um recanto que me atraiu.

A mais ou menos uma légua da cidade há uma aldeia chamada Wahlheim*. Sua localização numa colina é muito agradável, e quando se sobe ao lugarejo pelo atalho tem-se uma visão ampla de todo o vale. Uma simpática estalajadeira, obsequiosa e ainda cheia de vida para a sua idade, serve vinho, cerveja e café. O que mais encanta no lugar são duas tílias, que cobrem com os seus galhos a pequena praça diante da igreja, rodeada por casas de camponeses, celeiros e quintas. Há muito não encontrava um lugar tão acolhedor. A meu pedido transportam uma mesa e uma cadeira da estalagem para o local, e lá fico tomando café e

---

* Poupe-se o leitor ao trabalho de procurar os lugares mencionados neste livro; foi necessário alterar os verdadeiros nomes que constavam no original.

lendo o meu Homero. A primeira vez que, por acaso, numa bela tarde, fui parar debaixo das tílias, a pracinha estava vazia. Todos haviam ido para o campo; apenas um menino de aproximadamente quatro anos, sentado no chão, segurava uma criança de mais ou menos seis meses, cingindo-a com os braços pelo peito e sustentando-a entre as pernas, como a servir-lhe de cadeira. O pequeno, apesar da vivacidade com que tudo contemplava com seus olhos negros, permanecia sentado sem mover-se. Encantado com a cena, sentei-me sobre uma charrua que se encontrava do outro lado e comecei a desenhar com grande prazer aquele flagrante de fraternidade. Acrescentei a sebe próxima, um portão de celeiro, algumas rodas de carroça quebradas, tudo disposto de acordo com o que via à minha frente, e ao cabo de uma hora constatei que tinha feito um desenho muito interessante e bem elaborado, sem nenhuma interferência subjetiva. Isto fortaleceu-me no propósito de ater-me, daqui por diante, exclusivamente à natureza. Somente ela é infinitamente rica, e só ela forma o grande artista. Há muita coisa que se pode dizer a favor das regras de arte, bem como a favor das leis que regem a sociedade. Quem se forma de acordo com essas regras nunca produzirá nada que seja de mau gosto ou ruim; do mesmo modo, quem se deixa moldar pelas leis e pelo decoro jamais será um vizinho insuportável, ou um malfeitor consumado. Em contrapartida, diga-se o que se disser, toda regra destrói o verdadeiro sentimento e a verdadeira expressão da natureza! Dirás: "Isto não é justo! A regra apenas impõe limites, poda as videiras por demais exuberantes" etc. Meu bom amigo, queres uma comparação? Esta questão pode ser vista da mesma forma como um caso de amor. Um jovem entrega seu coração a uma mulher, passa todas as horas do dia ao seu lado, despende com generosidade todas as suas forças, e tudo quanto possui, para demonstrar o quanto lhe é devotado. Eis que aí aparece um pedante, um homem empregado no serviço público, e diz ao jovem: "Meu caro senhor, amar é humano, mas é necessário que ameis de acordo com os preceitos humanos. Dividi vosso tempo, dedicando uma parte ao trabalho e consagrando apenas as horas de lazer à amada. Fazei um balanço de vossos bens, e aquilo que sobrar de todas as despesas podereis utilizar para comprar-lhe presentes, mas não com muita frequência: apenas por ocasião de seu aniversário, de seu dia onomástico" etc. Se nosso personagem seguir estas diretrizes, tornar-se-á um jovem útil, e eu próprio não hesitaria em aconselhar um príncipe a oferecer-lhe um cargo público. Mas o seu caso de amor irá se acabar, o mesmo podendo-se dizer de sua arte, se ele for um artista. Ah, meus amigos, por que tão raramente vemos a torrente do gênio irromper avassaladora e emocionar vossas almas maravilhosas? Queridos amigos, é porque em ambas as margens moram os cavalheiros impassíveis, cujas hortas e plantações de tulipas haveriam de ser destruídas, e que por isso constroem a tempo diques e canais de derivação, a fim de evitar o perigo que os ameaça.

27 de maio

Como vejo, perdi-me em meio à exaltação, aos símiles e à declamação, esquecendo de contar-te como continuou a minha história com as crianças. Inteiramente imerso nas emoções suscitadas pela pintura, que na carta de ontem pude transmitir-te apenas fragmentariamente, permaneci sentado na charrua por duas horas ou algo assim. Ao anoitecer apareceu uma mulher jovem que, com uma cesta no braço, foi ao encontro das crianças, as quais não se haviam movido durante todo esse tempo. De longe, chamou: "Filipe, és um bom menino." Ela cumprimentou-me, eu agradeci e me aproximei, perguntando-lhe se era a mãe daquelas crianças. Ela respondeu afirmativamente, e, depois de dar um pedaço de pão ao mais velho, ergueu o pequenino nos braços, beijando-o com ternura maternal. "Deixei o pequeno com o meu Filipe", disse ela, "para ir com o meu filho mais velho até a cidade e comprar pão branco, açúcar e uma caçarolinha." Vi tudo isso dentro da cesta, cuja tampa havia caído. "Quero preparar uma sopinha para o jantar do meu João" (este era o nome da criança menor); "o mais velho, este desastrado, ontem quebrou a panelinha, quando brigava com Filipe por causa do resto do mingau." Perguntei-lhe onde estava o mais velho, e ela mal me havia dito que ele corria pelo campo, perseguindo alguns gansos, quando o menino apareceu ligeiro, trazendo uma varinha de aveleira para o irmão do meio. Continuei a conversar com a mulher, vindo a saber que ela era filha do mestre-escola, e que seu marido fora à Suíça, a fim de buscar a herança de um primo. "Quiseram enganá-lo", disse-me ela, "e não responderam às suas cartas; aí ele resolveu ir lá pessoalmente. Só espero que não lhe tenha acontecido nada, não tenho notícias dele." Despedi-me da mulher a contragosto, dei uma moeda a cada criança e outra à mãe, para que ela, quando fosse à cidade, comprasse um pão para a sopa do nenê. Assim nos separamos.

Asseguro-te, querido amigo, quando meus sentimentos e pensamentos se descontrolam, todo esse tumulto se apazigua diante de uma criatura como aquela, que, serena e feliz, percorre o modesto círculo de sua existência vivendo de um dia para o outro, vendo cair as folhas, sem pensar em outra coisa a não ser no fato de que o inverno se aproxima.

Desde aquele dia, vou lá com frequência. As crianças já se habituaram à minha presença; dou-lhes pedaços de açúcar, quando tomo o meu café, e à noite reparto com elas meu pão com manteiga e a coalhada. Aos domingos nunca deixo de lhes dar uma moeda, e se não apareço após a missa das seis horas a estalajadeira tem ordem de lhes entregar o pequeno presente.

As crianças têm confiança em mim, contam-me uma porção de coisas, e divertem-me muito suas paixões e as manifestações inocentes de seus desejos, quando outras crianças da aldeia vêm juntar-se a nós.

Custou-me muito dissipar as apreensões da mãe, a qual temia que as crianças estivessem incomodando o "cavalheiro".

30 de maio

O que te disse, há alguns dias, sobre a pintura certamente também se aplica à poesia; o que importa é reconhecer o belo e ousar expressá-lo — o que, de fato, é dizer muito com poucas palavras. Hoje testemunhei uma cena que, se fosse transcrita fielmente, daria o idílio mais encantador do mundo. Mas para que poesia, encenação e idílio? Será necessário sempre recorrer a artifícios, quando se trata de participarmos de um fenômeno da natureza?

Se, após esta introdução, estiveres esperando algo sublime e requintado, enganas-te redondamente; foi apenas um jovem camponês que despertou minha simpatia com tanta veemência. Como de costume, minha narrativa será precária, e tu, como de hábito, dirás que sou exagerado; foi novamente em Wahlheim, sempre Wahlheim, que aconteceram estes fatos singulares.

Lá em cima, sob as tílias, havia se reunido um grupo para tomar café. Como sua companhia não fosse do meu agrado, mantive-me afastado dele, alegando algum pretexto. Nisto, um jovem camponês saiu de uma casa vizinha e pôs-se a consertar alguma coisa no arado que eu havia desenhado outro dia. Como suas maneiras me agradassem, dirigi-lhe a palavra e informei-me a respeito das suas condições de vida. Logo estabeleceu-se entre nós uma franqueza no falar e, como sempre me acontece com este tipo de gente, nos tornamos amigos. Ele contou-me que trabalhava para uma viúva, e que esta o tratava com muita bondade. Tanto a elogiou, e de tal modo referiu-se a ela, que logo percebi o quanto a sua devoção por ela era irrestrita. Explicou-me que ela já não era mais jovem, que havia sido maltratada pelo marido, e por este motivo não desejava mais casar-se. Em suas palavras transparecia tão nitidamente quão bela e encantadora era ela aos seus olhos, o quanto ele desejava que ela o escolhesse para apagar a lembrança dos defeitos do primeiro marido, que seria necessário reproduzir palavra por palavra, para teres uma ideia da pureza desse afeto, do amor e da fidelidade desse homem. Seria preciso que eu tivesse o dom de um grande poeta, para descrever-te eloquentemente a expressão de seus gestos, a harmonia de sua voz, o fogo oculto em seus olhos. Mas não! Palavra alguma poderá exprimir a delicadeza de seu ser e de sua expressão; tudo o que eu pudesse contar-te não passaria de uma descrição tosca e grosseira. Comoveu-me, sobretudo, o seu temor de que eu pudesse pensar mal de seu relacionamento e duvidar da boa conduta da amada. É somente no mais profundo ser da minha alma que posso rememorar quão encantador foi ouvi-lo falar de seu corpo, o qual, embora despojado dos atrativos da juventude, o fascinava e atraía irresistivelmente. Nunca, em toda a minha vida, vi a paixão ardente, o desejo intenso, veemente, sob forma tão pura, sim, nem mesmo poderia imaginá-los ou sonhá-los tão puros. Peço-te que não me repreendas se te disser que à lembrança de toda esta inocência e sinceridade sinto minha alma abrasada. A imagem dessa terna fidelidade acompanha-me por toda parte, e eu, como que inflamado pelo mesmo fogo, estou suspiroso e tomado por anseios.

Farei o possível para vê-la tão logo possível, ou, pensando melhor, pretendo evitá-la. Será melhor que a veja através dos olhos de seu amante: talvez, se a tiver diante dos meus olhos, ela não se apresente tal como a visualizo agora, e por que eu haveria de estragar tão bela imagem?

16 de junho

Por que não te escrevo? Fazes esta pergunta e, no entanto, és um sábio, afinal. Devias adivinhar que estou bem e que — para resumir — conheci alguém que tocou mais de perto o meu coração. Eu — eu não sei como dizer.

Será difícil contar-te, de maneira ordenada, as circunstâncias que me levaram a conhecer uma das mais encantadoras criaturas que possas imaginar. Estou contente e feliz, portanto sou um péssimo narrador.

Um anjo! Arre! Todos dizem isso da sua amada, não é mesmo? Não obstante, sou incapaz de dizer-te o quanto ela é perfeita, nem por que é perfeita; basta apenas isto: ela tomou conta de todo o meu ser.

Tanta simplicidade aliada a tamanho bom senso, tanta bondade aliada a tanta firmeza, e a serenidade da alma determinando sua vida e suas atividades.

Tudo quanto acabo de dizer a respeito dela não passa de tolice, de abstração precária, incapaz de expressar um traço que seja de sua personalidade. Outro dia — não, outro dia, não, é agora mesmo que vou contar-te tudo. Se não o fizer agora, nunca mais o farei. Porque, aqui entre nós, por três vezes, depois que comecei a escrever, estive a ponto de largar a pena, mandar arrear o cavalo e ir vê-la. No entanto, jurei a mim mesmo hoje cedo que não iria procurá-la; mas a cada instante vou até a janela, para ver a que altura ainda está o sol.

Não pude resistir, tive de ir vê-la. Eis-me de volta, Wilhelm, agora vou comer o meu pão com manteiga e escrever-te. Como se deleitou a minha alma, ao vê-la em meio àquelas adoráveis crianças vivazes, os seus oito irmãos!

Se continuar a escrever assim, no final saberás tão pouco quanto no começo. Ouve então, vou obrigar-me a dar-te todos os detalhes.

Há algum tempo contei-te que havia conhecido o bailio S..., e que este me tinha convidado a visitá-lo em seu eremitério, ou melhor, no seu pequeno reino. Deixei de fazer essa visita, e talvez nunca viesse a ir lá, se o acaso não me tivesse revelado o tesouro que se esconde naquela região solitária.

Os jovens daqui tinham organizado um baile no campo, e eu concordei em participar do divertimento. Ofereci-me como cavalheiro a uma jovem, boa e bonita, mas de resto insignificante. Combinamos que eu alugaria um coche, para levar à festa a minha dama e sua prima, e que no caminho apanharíamos Carlota S... "O senhor vai conhecer uma bela mulher", disse a minha companheira, enquanto atravessávamos o grande bosque entrecortado por clareiras, em direção ao pavilhão de caça. "Tome cuidado", acrescentou a prima, "para não se apaixonar!" "Por quê?" "Ela já está comprometida com um rapaz sério e honesto. Ele está viajando, a fim de regularizar os seus negócios, pois o seu pai faleceu. Além disso, ele está se empenhando em conseguir um bom emprego." A informação deixou-me indiferente.

O sol ainda não se tinha posto quando chegamos ao portão do pátio. Estava muito abafado, e as damas manifestaram sua preocupação por causa de uma tempestade que parecia estar se anunciando nas nuvens cinzentas e sombrias acumuladas no horizonte. Dissipei os seus temores, fingindo ser um entendido em meteorologia, embora eu próprio começasse a suspeitar de que o mau tempo ia estragar a nossa festa.

Eu havia apeado, e uma criada pediu-nos que esperássemos um instante, pois a srta. Carlota não demoraria. Atravessei o pátio em direção à bela casa e, após subir as escadas e chegar à porta, deparei com uma das cenas mais encantadoras que já vi em minha vida. Na antessala, seis crianças, de dois a onze anos, pululavam ao redor da figura esbelta de uma jovem de estatura média, que trajava um vestido branco simples, adornado de fitas cor-de-rosa nas mangas e no corpete. Ela segurava um pão preto na mão, do qual cortava uma fatia para cada um dos pequenos à sua volta, de acordo com a sua idade e seu apetite. Ela distribuía os pedaços gentilmente, e cada criança, após haver estendido por longo tempo a mãozinha para receber a sua parte, gritava alegremente um "muito obrigado", depois de obter o seu quinhão. Em seguida, umas retiravam-se em disparada, outras, menos temperamentais, afastavam-se calmamente, dirigindo-se para o portão a fim de ver os recém-chegados e o coche que haveria de levar a sua Carlota. "Perdoe-me", disse ela, "por tê-lo feito entrar e deixar as damas esperando. Na agitação, entre arrumar-me e tomar providências para o andamento da casa durante a minha ausência, acabei esquecendo de dar o lanche às crianças, e elas fazem questão de que eu pessoalmente lhes corte o pão." Fiz-lhe um elogio banal, toda minha alma concentrava-se em sua figura, sua voz, suas maneiras. Mal tive tempo de recobrar-me da surpresa, e já ela corria para a sala, a fim de buscar as luvas e o leque. As crianças olhavam-me de viés a distância, e eu dei alguns passos na direção do caçula, um menino de feições encantadoras. Ele recuou no momento em que Carlota apareceu na porta e disse: "Luís, dá a mão ao nosso primo." O menino obedeceu com um gesto espontâneo, e eu não contive o impulso de beijá-lo efusivamente, apesar do seu narizinho ranhoso. "Primo?", disse eu, estendendo a mão a Carlota, "seria eu digno da felicidade de ser seu parente?" "Oh", respondeu ela, com um pronto sorriso, "temos muitos primos afastados, e eu detestaria se o senhor fosse o pior deles." Voltando-se para sair, ela incumbiu Sofia, a segunda irmã mais velha, uma menina de mais ou menos onze anos, de cuidar bem das crianças e dar lembranças ao pai, quando este voltasse do passeio a cavalo. Aos pequenos recomendou que obedecessem a Sofia como a ela própria, o que alguns prometeram prontamente. Mas uma loirinha afoita, de mais ou menos seis anos, disse: "Mas Sofia não é a mesma coisa, Carlotinha, e nós gostamos mais de ti." Os dois meninos mais velhos tinham subido na parte traseira do coche, e a meu pedido ela permitiu que nos acompanhassem até a entrada da floresta, com a condição de não fazerem estripulias e de se segurarem firmemente.

Nem bem nos tínhamos instalado, as damas ainda se cumprimentavam, faziam comentários sobre os vestidos e, principalmente, os chapéus, e fofocavam em torno dos convidados que haveriam de encontrar quando Carlota pediu ao cocheiro que parasse e mandou os irmãos descerem. Estes expressaram o desejo de lhe beijar uma vez mais a mão, e o mais velho o fez com toda a ternura própria de um garoto de quinze anos, enquanto o segundo agarrou a mão da irmã com grande vivacidade e desenvoltura. Ela pediu-lhes, uma vez ainda, que dessem o seu abraço aos pequenos, e seguimos viagem.

A prima perguntou a Carlota se já havia terminado de ler o livro que ela lhe enviara há alguns dias: "Não", disse ela, "o livro não me agrada, vou devolvê-lo. O anterior também não foi melhor." Admirei-me, quando, ao perguntar-lhe que livros eram, ela respondeu: ...*. Encontrei grande força de caráter em tudo quanto ela dizia, a cada palavra via novos encantos, novos raios de inteligência irrompendo de sua fisionomia, que pouco a pouco parecia iluminar-se de contentamento, porque ela sentia que eu a compreendia.

"Quando eu era mais jovem", disse-me ela, "não havia nada que me agradasse tanto quanto ler romances. Só Deus sabe como me sentia feliz quando, aos domingos, podia sentar-me num cantinho e participar, de todo coração, da felicidade e dos infortúnios de alguma srta. Jenny. Também não nego que o gênero ainda me atrai bastante. Mas, como agora as minhas oportunida-

---

* Vemo-nos obrigados a suprimir esta passagem da carta, para que ninguém tenha motivo de queixa. Embora, na verdade, nenhum autor deva dar importância à opinião de uma moça e de uma pessoa jovem, instável.

des de ler um livro são tão raras, faço questão de que ele seja inteiramente do meu agrado. E o meu autor preferido é aquele no qual reencontro o meu mundo, no qual as coisas acontecem como no meu cotidiano, e cuja narrativa me interesse tão de perto quanto a minha própria vida doméstica, que, embora não sendo um paraíso, é, para mim, uma fonte de indizível felicidade."

Esforcei-me para ocultar a emoção que suas palavras produziam em mim. Mas foi debalde: ao ouvi-la referir-se de passagem, com tanto espírito, ao *Vigário de Wakefield*, a...*, entusiasmei-me e disse-lhe tudo quanto pensava a respeito. Só ao cabo de algum tempo, quando Carlota se dirigiu às outras damas, percebi que estas haviam permanecido alheias a tudo durante todo o tempo. A prima, por mais de uma vez, lançou-me um olhar zombeteiro, mas não lhe dei importância.

A conversa passou a girar em torno dos prazeres da dança. "Se esta paixão for um defeito", disse Carlota, "confesso-lhe que para mim não há nada que supere a dança. Quando alguma coisa me perturba, sento-me ao meu piano desafinado, dedilho uma contradança, e tudo está bem outra vez."

Durante a conversa, como me encantavam os seus olhos negros! Como sentia toda a minha alma atraída por aqueles lábios cheios de vida, aquelas faces viçosas e vivazes! Tu, que me conheces, bem podes imaginar como eu, absorto no sentido do que ela

---

* Também aqui suprimimos os nomes de alguns autores da nossa terra. Aquele que tiver o privilégio de receber os elogios de Carlota por certo os sentirá em seu coração, se vier a ler esta passagem. Os outros não precisam saber de quem se trata.

dizia, muitas vezes nem ouvia as palavras com que se expressava! Enfim, desci do carro como um sonâmbulo, quando paramos diante da casa onde ia realizar-se a festa. Estava tão imerso em sonhos, em meio ao crepúsculo que tudo envolvia, que mal prestei atenção aos sons da música, provenientes do salão iluminado.

Os senhores Audran e um tal de N. N. – quem poderá lembrar-se de todos os nomes! –, cavalheiros de Carlota e da prima, receberam-nos à porta do coche, deram o braço às suas damas, e eu também me voltei para conduzir a minha parceira.

Nossos movimentos acompanhavam os compassos dos minuetos; convidei uma dama após a outra, e precisamente as menos agradáveis não se dispunham a me dar a mão e finalizar a dança. Carlota e seu cavalheiro iniciaram uma contradança inglesa, e podes imaginar quão feliz fiquei quando ela se defrontou a mim na fileira oposta. É preciso vê-la dançar! Ela se entrega à dança com todo o coração e toda a alma, seu corpo é uma única harmonia, seus movimentos são tão livres e leves, como se nada existisse além da dança, como se ela não pensasse em mais nada, e não sentisse mais nada; e neste momento, tenho certeza, tudo o mais deixa de existir aos seus olhos.

Convidei-a para a segunda contradança; ela concedeu-me a terceira, e com a mais gentil franqueza assegurou-me que gosta imensamente de dançar a alemã. "É costume aqui", prosseguiu ela, "os pares que estão juntos no baile não se separarem na contradança alemã; mas o meu cavalheiro dança tão mal que ele me agradecerá se eu lhe poupar este trabalho. Sua dama também não dança bem, e na contradança inglesa vi que o senhor é um excelente dançarino. Assim, se o senhor quiser ser meu par na alemã, peça licença ao meu cavalheiro, e eu farei o mesmo com sua dama." Estendi-lhe a mão, concordando com tudo, e combinamos que, no meio tempo, o cavalheiro dela haveria de entreter a minha dama.

A dança começou, e nos deliciamos por algum tempo com diversas evoluções dos braços. Como eram graciosos e leves os seus movimentos! E quando começamos a valsar, rodopiando um em redor do outro como esferas celestiais, de início houve alguma confusão, porque são poucos os que dominam esta dança. Prudentemente deixamos que se cansassem, e quando os mais desajeitados abandonaram a pista entramos em cena, com outro par, Audran e sua dama. Nunca me senti tão leve. Estava enlevado. Ter nos braços a mais encantadora das criaturas, voltear com ela velozmente num torvelinho, até tudo desaparecer ao nosso redor, e — Wilhelm, para ser sincero, jurei a mim mesmo que, se eu amasse uma jovem e ela fosse comprometida comigo, eu nunca haveria de permitir que ela dançasse com outro, nem que fosse para morrer. Entendes o que quero dizer.

Demos algumas voltas pelo salão, para tomar fôlego. Em seguida, ela sentou-se, e as laranjas que eu tinha reservado — as únicas que restavam — deram-lhe novas forças. Apenas, a cada gominho que ela se via obrigada a oferecer a uma vizinha glutona, eu sentia uma pontada no coração.

Na terceira contradança inglesa, éramos o segundo par. Ao dançarmos por entre as fileiras, enquanto eu, só Deus sabe com que encantamento, abandonava-me ao braço de Carlota e aos seus olhos, radiantes no mais puro e franco prazer, passamos por uma senhora que havia chamado a minha atenção por sua expressão gentil, estampada num rosto já não tão jovem. Ela sorriu para Carlota, ameaçou-a com o dedo e, ao passarmos turbilhonando por ela, pronunciou duas vezes, enfaticamente, o nome Alberto.

"Se não for indiscrição, quem é Alberto?", perguntei a Carlota. Ela ia responder-me, quando precisamos nos separar, para formar a fileira de oito, e quando nos cruzamos pareceu-me ver em sua fronte um traço pensativo. "Por que haveria de ocultar-lhe?", disse ela, dando-me a mão para a *promenade*. "Alberto é um bom homem, de quem estou quase noiva." Isto não era nenhuma novidade para mim (as moças mo tinham dito no trajeto), no entanto suas palavras me atingiram como uma revelação, porque eu ainda não havia relacionado o fato a ela, que em tão breves momentos se tornara tão cara a mim. Seja como for, perturbei-me, distraí-me e vim parar no meio do par errado, criando uma grande confusão; somente a presença de espírito de Carlota e os seus puxões fizeram com que tudo voltasse rapidamente à normalidade.

A dança ainda não havia terminado quando os relâmpagos, que há muito faiscavam no horizonte, e que eu havia atribuído a simples coriscos que trariam um refrescamento do ar, tornaram-se mais frequentes, e os trovões começaram a abafar a música. Três damas abandonaram as suas fileiras, seguidas pelos seus cavalheiros. A desordem generalizou-se, e a música parou. É natural que uma catástrofe ou algo terrível que nos surpreenda em meio ao prazer nos impressione mais do que normalmente em qualquer outro momento, em parte por causa do contraste, que nos faz sentir a calamidade mais fortemente, em parte porque os nossos sentidos se aguçam e são tanto mais impressionáveis. A estas causas devo atribuir as estranhas caretas que vi nos rostos de diversas senhoras. A mais inteligente sentou-se num canto, com as costas voltadas para a janela, tapando os ouvidos. Outra ajoelhou-se diante dela, escondendo a cabeça em seu colo. Uma terceira pôs-se entre as duas e abraçou-as, chorando copiosamente. Algumas queriam voltar para casa; outras, mais desvairadas ainda, não sabiam como defender-se de alguns jovens atrevidos, que pareciam muito empenhados em recolher dos lábios daquelas belas criaturas apavoradas as preces desesperadas, endereçadas ao céu. Diversos cavalheiros tinham descido para fumar tranquilamente os seus cachimbos, e os convidados restantes não recusaram a sugestão da dona da casa, que nos oferecia um aposento com cortinas e janelas fechadas. Nem bem tínhamos entrado naquela sala, eis que Carlota começou a dispor cadeiras em círculo, propondo, quando todos já estavam acomodados, que se fizessem alguns jogos.

Vi mais de um que, na esperança de um belo prêmio, espreguiçou-se prazerosamente na cadeira. "Vamos fazer o jogo da conta", disse ela. "Prestem atenção! Andarei em círculos, da direita para a esquerda, e ireis contando na mesma progressão, cada um dizendo o número que lhe cabe, com a rapidez de um raio, e quem hesitar ou se enganar receberá um tabefe. Assim continuaremos até chegar a mil." Seguiram-se, então, momentos muito divertidos. Ela percorria o círculo, com o braço estendido. "Um" começou o primeiro, "dois" disse o segundo, "três" gritou o seguinte, e assim sucessivamente. Então ela começou a acelerar o passo, andando cada vez mais rapidamente, aí um dos presentes falhou, e pá!, recebeu um tabefe. O seguinte, num ataque de riso, falhou também, e pá!, um novo tabefe. Ela aumentava a velocidade. Eu próprio recebi dois tapas, e com grande satisfação julguei notar que eram mais fortes do que os dados nos outros. Risadas e um burburinho generalizado acabaram com o jogo, antes que se chegasse a mil. Os amigos formaram grupos, a tempestade tinha passado, e eu segui Carlota até o salão. No caminho, ela disse: "Os tabefes fizeram com que todos esquecessem a tempestade e o resto." Não soube o que lhe responder. "Eu era uma das mais medrosas", prosseguiu, "mas fingindo-me de corajosa, para animar os outros, eu mesma tornei-me corajosa." Aproximamo-nos da janela. Os trovões se afastavam, a chuva deliciosa caía sobre a terra, e até nós subia o perfume exuberante e vivificante do ar tépido. Ela apoiava-se no cotovelo, olhando os campos, em seguida olhou para o céu e para mim. Seus olhos estavam marejados de lágrimas, ela pousou a mão sobre a minha e disse: "Klopstock!" Lembrei-me imediatamente da ode magnífica que lhe tinha vindo à mente e mergulhei na torrente de emoções que a menção daqueles versos tinha derramado sobre mim. Não pude conter-me, curvei-me sobre a sua mão e beijei-a, com lágrimas de felicidade. Em seguida, procurei novamente os seus olhos – oh, nobre poeta!, quem dera tivesses visto o teu endeusamento naquele olhar! A partir de agora não desejo, nunca mais, ouvir pronunciar o teu nome tantas vezes profanado.

19 de junho

Não sei mais onde interrompi a minha última carta; mas sei que eram duas horas da manhã quando fui dormir, e que, se pudesse conversar, em vez de escrever-te, possivelmente teria te segurado até o romper do dia.

Ainda não te contei o que aconteceu na volta do baile, e hoje também não terei tempo para isso.

O nascer do sol foi esplendoroso. Os galhos gotejavam na floresta, e os campos ao redor respiravam refrescados! As damas que nos acompanhavam tinham adormecido. Ela perguntou-me se eu não queria descansar também, que por causa dela não me devia sentir constrangido. "Enquanto vir estes olhos abertos, não há perigo de que eu durma", respondi, olhando-a firmemente. E assim, bem despertos, seguimos viagem até o portão de sua casa. Uma criada abriu-o sem fazer barulho, e às perguntas de Carlota respondeu que o pai e as crianças se encontravam bem, dormindo ainda. Despedi-me dela, então, pedindo-lhe permissão para voltar a vê-la ainda naquele mesmo dia. Ela concordou, e eu voltei lá – a partir dessa hora, o sol, a lua, as estrelas seguem suas trajetórias, sem que eu perceba se é dia ou noite, e o mundo inteiro deixou de existir para mim.

21 de junho

Meus dias são tão felizes como os que Deus reserva aos seus santos; e assim, qualquer que seja o destino que me espera, não poderei dizer que não desfrutei as alegrias mais puras da vida. Conheces a minha Wahlheim; lá instalei-me definitivamente. O lugarejo fica a apenas meia hora da casa de Carlota, e lá sinto toda a felicidade que um homem possa desejar.

Escolhendo Wahlheim como região ideal para os meus passeios, não podia imaginar que ela se encontrasse tão próxima do céu! Quantas vezes, nas minhas longas caminhadas, via, ora do cimo da montanha, ora da planície, além do rio, aquele pavilhão de caça, que agora alberga todos os meus desejos!

Meu querido Wilhelm, tenho refletido bastante sobre a vontade que o homem sente de ampliar seu horizonte, de fazer novas descobertas e errar mundo afora; e pensei também a respeito da sua tendência a submeter-se docilmente a uma existência limitada, a seguir vivendo nas trilhas do hábito, sem incomodar-se com o que acontece à sua direita ou esquerda.

É maravilhoso: como cheguei aqui e, do alto da colina, divisei este belo vale, como me senti atraído por toda essa paisagem! Lá está o pequeno bosque! – Ah, se pudesses imiscuir-te nas suas sombras! – Lá está o cume da montanha! – Ah, se de lá pudesses abarcar esta região imensa! – Quem me dera poder perder-me naquelas colinas ligadas umas às outras, naqueles vales acolhedores! Percorrendo tudo isso, regressei sem ter encontrado o que esperava. A distância e o futuro são muito parecidos: um todo imenso, nevoento, espraia-se diante da nossa alma, nosso coração e nossos olhos aí mergulham, e experimentamos o ardente desejo de nos entregarmos por completo, de deixar-nos invadir pela felicidade de um único, grande e sublime sentimento. Mas, ai, quando lá chegamos, quando o que estava distante se torna próximo, percebemos que nada mudou; permanecemos pobres e limitados, e nossa alma busca sequiosa o bálsamo que lhe fugiu.

Da mesma maneira, o mais irrequieto dos aventureiros acaba por desejar o retorno à pátria, encontrando em sua cabana, no regaço da esposa, entre os filhos e no trabalho para sustentá-los a felicidade que procurou em vão no mundo inteiro.

De manhã, ao nascer do sol, ponho-me a caminho e vou para a minha Wahlheim. Lá, eu mesmo colho as ervilhas na horta da estalagem, sento-me para debulhá-las e, aqui e lá, leio algumas passagens do meu Homero; na pequena cozinha escolho uma panela, corto um pedaço de manteiga e ponho as ervilhas no fogo, sentando-me ao lado, para mexê-las de vez em quando. Durante essa atividade fico imaginando como os atrevidos pretendentes de Penélope matavam, desossavam e assavam os bois e os porcos. Nada evoca em mim um sentimento tão tranquilo e genuíno como esses aspectos da vida patriarcal que eu, graças a Deus, consigo incorporar, sem pedantismo, à minha maneira de viver.

Como me sinto bem por meu coração poder sentir os prazeres simples e inocentes de um homem que põe em sua mesa o repolho que ele próprio cultivou – e que agora degusta, *num único* momento, não apenas o repolho, mas todos os dias ensolarados, a bela manhã em que o plantou, a noite tépida em que o regou e a alegria que sentiu ao vê-lo crescer.

29 de junho

Anteontem, o médico da cidade veio visitar o bailio, e ao chegar encontrou-me no chão, em meio aos irmãos de Carlota, uns engatinhando em cima de mim, outros me provocando, e eu fazendo-lhes cócegas, tudo num grande rebuliço. O doutor, uma marionete muito dogmática, que ao falar sempre fica ajeitando as pregas dos punhos e puxando as rendas que as enfeitam, achou que o meu comportamento era incompatível com a dignidade de um homem inteligente: notei-o pela sua careta. Mas não lhe dei importância, deixei que discursasse sobre assuntos muito meritórios e tornei a reconstruir o castelo de cartas que as crianças haviam derrubado. Ao retornar à cidade, ele pôs-se a lamentar que Werther estivesse estragando completamente as crianças do bailio, já suficientemente malcriadas.

Sim, querido Wilhelm, amo as crianças acima de tudo. Quando as observo, e noto nestas pequenas criaturas o germe de todas as virtudes, de todas as forças que um dia lhes serão tão necessárias; quando entrevejo na sua teimosia a futura constância e firmeza de caráter; nas peraltices, o bom humor e a facilidade de vencer os perigos deste mundo, quando os vejo tão puros, evoco sempre as palavras de ouro do Mestre: "Se não vos tornardes como estes!" E no entanto, meu bom amigo, estas crianças, que são nossos iguais, que deveríamos considerar nossos modelos, são por nós tratadas como subalternos. Não queremos que elas tenham vontade própria. E nós não a temos? Onde está o nosso privilégio? No fato de sermos mais velhos e mais experientes! Bom Deus do céu, o que vedes são crianças velhas e crianças jovens, nada mais; e Vosso Filho há muito nos ensinou quais são aquelas que vos agradam mais. As pessoas acreditam em Deus, mas não o escutam – o que também não é novidade –, e formam a criança à própria imagem, e – Adeus, Wilhelm, não quero continuar a tagarelar sobre esse assunto.

1º de julho

O que Carlota deve ser para um enfermo, sinto-o no meu pobre coração, mais sofrido do que muitos que definham em seus leitos de dor. Ela vai passar alguns dias na cidade, na casa de uma boa mulher que, de acordo com os médicos, se aproxima do seu fim e deseja ter Carlota ao seu lado nos últimos momentos. Na semana passada fui com ela visitar o pastor de St..., um lugarejo na montanha, a uma hora daqui. Chegamos lá por volta das quatro horas, e Carlota havia levado a segunda irmã mais velha. Quando entramos no pátio paroquial, sombreado pela ramagem de duas grandes nogueiras, o bom velho estava sentado num banco, em frente à porta. Ao ver Carlota, foi como se novas forças o animassem; ele esqueceu a bengala e levantou-se, para ir ao seu encontro. Carlota correu para ele e obrigou-o a sentar-se novamente. Tomando lugar ao seu lado, ela transmitiu-lhe as lembranças de seu pai e acarinhou o filho mais novo do pastor, um menino antipático e imundo, o temporão que nascera na sua velhice. Devias vê-la, como entretinha o ancião, como erguia a voz para que ele, quase surdo, pudesse ouvi-la, como contava histórias de pessoas jovens e robustas, que haviam morrido de repente; ela exaltou as qualidades terapêuticas das águas de Karlsbad, elogiou a decisão do velho de passar uma temporada naquela estância no próximo verão e assegurou-lhe que o seu aspecto havia melhorado muito após a última visita... Neste meio tempo, eu havia apresentado os meus cumprimentos à esposa do pastor. O velho começou a animar-se, e como eu não pudesse deixar de elogiar as belas nogueiras, que nos ofereciam uma sombra tão aprazível, ele pôs-se a contar a sua história, embora com alguma dificuldade. "Não sabemos", disse-nos, "quem plantou aquela mais antiga; alguns afirmam que foi o pastor tal, outros que foi o pastor outro tal. Mas aquela lá, mais nova, tem a idade da minha esposa, em outubro fará cinquenta anos. Seu pai plantou-a na manhã do dia em que minha mulher nasceu. Ele foi o meu antecessor nesta paróquia, e amava esta árvore de todo o coração; a mim ela é igualmente cara. Minha mulher estava sentada à sua sombra, tricotando, quando eu, há vinte e sete anos, um estudante pobre, entrei pela primeira vez neste pátio." Carlota perguntou por sua filha. O velho respondeu que ela havia ido com o Sr. Schmidt ao campo, a fim de inspecionar os trabalhadores, e, retomando a narração, contou-nos como o seu predecessor e a filha haviam começado a estimá-lo, como lhe fora dado o posto de vigário e de que maneira ele acabara por tornar-se o titular da paróquia. A história mal havia terminado, quando vimos chegar pelo jardim a filha do pastor, acompanhada do Sr. Schmidt. Ela cumprimentou Carlota, dando-lhe calorosas boas-vindas, e devo dizer que sua aparência muito me agradou. Era uma morena vivaz, de bela estatura, certamente capaz de nos proporcionar agradável distração durante a breve visita no campo. Seu namorado (como tal ele se comportou de imediato) era um homem fino, porém taciturno, que não desejava participar das nossas conversas, embora Carlota tentasse repetidas vezes envolvê-lo nos diálogos. O que mais me aborreceu foi constatar, pela sua fisionomia, que sua aversão à comunicação se devia mais à obstinação e ao mau humor do que a uma inteligência medíocre. Logo evidenciou-se que eu tinha razão. No passeio que fizemos em seguida, estando Frederica caminhando com Carlota e depois, ocasionalmente, ao meu lado, o rosto do rapaz, já amorenado por natureza, tornou-se tão sombrio que Carlota viu-se compelida a puxar-me pela manga, para avisar-me que eu estava sendo demasiado galante para com Frederica. Acontece que nada me desagrada mais do que ver pessoas se atormentando umas às outras; principalmente quando se trata de jovens no auge da juventude, que poderiam abrir-se a todas as alegrias, e que estragam com carrancas os poucos dias felizes de que poderiam dispor, reconhecendo tarde demais que o tempo perdido é irrecuperável. Fiquei embirrado com aquilo e, quando, ao anoitecer, voltamos à paróquia para o lanche e a conversa começou a girar em torno das alegrias e tristezas do mundo, não pude conter-me e passei a discursar veementemente contra o mau humor: "Nós, homens, nos lamentamos frequentemente de que temos tão poucos dias felizes, e tantos infelizes. No meu entender, isso não é justo. Se tivéssemos sempre o coração aberto para usufruir as coisas boas que Deus nos proporciona a cada dia, teríamos também forças para suportar os males, quando eles chegam até nós." "Mas não somos donos de nosso estado de espírito", retrucou a esposa do pastor; "tanta coisa depende do nosso bem-estar físico! Quando não nos sentimos bem, tudo está errado." Concordei com ela. "Então", prossegui, "vamos encarar essa disposição como uma doença e perguntar se não há algum remédio contra este mal." "Concordo", interveio Carlota. "Eu pelo menos acredito que muita coisa depende de nós mesmos. Sei por experiência própria. Quando algo me contraria e sinto que vou me aborrecer, levanto-me imediatamente e começo a andar de um lado para o outro no jardim, cantando a melodia de alguma dança, e logo tudo passa." "É exatamente o que eu queria dizer", repliquei, "o mau humor é parecido com a preguiça, porque é uma espécie de preguiça. Nossa natureza é muito propensa a ela, mas se tivermos forças para reagir o trabalho passará a ser agradável e a atividade será um verdadeiro prazer." Frederica ouvia atentamente, e o rapaz objetou que não temos controle sobre nós mesmos, e que muito menos podemos comandar os nossos sentimentos. "Trata-se aqui", respondi-lhe, "de sentimentos desagradáveis, dos quais todo mundo deseja livrar-se; e ninguém sabe até onde vão as próprias forças antes de testá-las. Certamente, um doente consultará um médico após o outro, e não recusará as maiores privações, nem os remédios mais amargos, se puder ter esperança de recuperar a saúde." Notei que o bom velho se esforçava para acompanhar a nossa conversa e ergui a voz, dirigindo-me a ele: "Fazem-se sermões contra tantos vícios; jamais, porém, ouvi dizer que algum pregador tenha se voltado contra o mau humor."* "Os pastores da cidade é que deveriam fazer isso", disse ele, "pois os camponeses não sabem o que é o mau humor. No entanto, um sermão desses poderia ser útil, de vez em quando, servindo de lição para a minha esposa e para o senhor bailio." Todos riram e o pastor também, até ser acometido de uma tosse que por algum tempo interrompeu a nossa conversa. Em seguida, o rapaz retomou a palavra, dizendo: "O senhor afirmou que o mau humor é um vício; acho isso um exagero." "Em absoluto", repliquei, "se esta for a palavra adequada para designar uma coisa que prejudica a nós mesmos e ao próximo. Já não basta o fato de sermos incapazes de proporcionar felicidade aos nossos semelhantes? É preciso ainda estragar o prazer que o outro às vezes pode encontrar no próprio coração? Aponte-me uma pessoa que, estando de mau humor, seja estoica o suficiente para ocultá-lo e suportar tudo sozinha, sem destruir a alegria dos que estão ao seu redor! Mas não seria o mau humor, antes de mais nada, uma exasperação interior por reconhecermos nossa inferioridade, um descontentamento com relação a nós mesmos, que vem sempre acom-

---

* Agora possuímos um excelente sermão de Lavater sobre este tema, particularmente sobre o *Livro de Jonas*.

panhado de um sentimento de inveja, provocado por alguma vaidade tola? Vemos pessoas felizes, sem que tenhamos contribuído para a sua felicidade, e isso nos é insuportável." Carlota sorriu para mim, ao ver com que emoção eu falava, e uma lágrima nos olhos de Frederica incentivou-me a prosseguir. "Ai daqueles que se aproveitam do poder que possuem sobre um coração para destruir-lhe as alegrias simples que nele nasceram espontaneamente. Todos os presentes, todas as gentilezas deste mundo não compensarão os instantes em que a pessoa se compraz em si própria, se estes instantes forem envenenados pelo azedume invejoso de um tirano."

Meu coração transbordou nesse momento; a recordação de coisas passadas invadiu-me a alma, e as lágrimas me vieram aos olhos.

"Deveríamos", disse eu com veemência, "dizer a nós mesmos todos os dias: a única coisa que podes fazer por teus amigos é deixar que vivam as suas alegrias e aumentar a sua felicidade compartilhando essa mesma felicidade. Podes proporcionar-lhes algum alívio, quando suas almas são torturadas por alguma paixão, destroçadas pela tristeza?

"Ou poderás fazer alguma coisa, quando a doença fatal, aterradora, abater-se sobre aquela a quem atormentaste os anos em flor, quando a vires deitada na mais deplorável exaustão, os olhos embaciados voltados para o céu, o suor da morte umedecendo sua fronte lívida, quando estiveres de pé diante deste leito, como um condenado, certo de que tua fortuna de nada te valerá, quando o medo despedaçar teu coração, e desejarias renunciar a tudo para dar a essa criatura agonizante um pouco de força, uma centelha de coragem."

A essas palavras, a lembrança de uma cena semelhante, à qual assisti, assaltou-me vivamente. Levei o lenço aos olhos e afastei-me, somente voltando a mim ao ouvir a voz de Carlota, que me chamava para nos irmos embora. Na volta, ela censurou-me por me empenhar com tanta paixão em todas as coisas, disse-me que, assim, eu acabaria doente e recomendou-me — com tanta veemência! — que cuidasse de mim. Ah, que anjo! Por tua causa é preciso que eu viva!

6 de julho

Ela está sempre junto da amiga agonizante e continua sendo sempre a mesma criatura de presença de espírito, adorável, suavizando sofrimentos e trazendo a felicidade onde quer que pouse os olhos. Ontem, ao entardecer, ela foi passear com Mariana e Amalinha. Eu estava informado, e fui ao encontro delas. Depois de caminharmos uma hora e meia, voltamos à cidade e passamos pela fonte que me era tão cara e que agora aprecio ainda mil vezes mais. Carlota sentou-se na mureta, nós ficamos de pé a sua frente. Olhei em minha volta e recordei o tempo em que vivia completamente só. "Querida fonte", disse eu, "faz muito tempo que não descanso junto a tuas águas frescas, e ao passar apressado muitas vezes nem mesmo reparei em ti." Olhei para baixo e vi que Amalinha vinha subindo, muito ocupada em equilibrar um copo de água. Contemplei Carlota e senti tudo quanto ela significava para mim. Nisso, Amalinha chega com o copo de água. Mariana quis pegá-lo, mas a pequena exclamou com a mais doce das expressões: "Não!, és tu, Carlotinha, quem vai beber primeiro!" Fiquei tão encantado com a sinceridade e a bondade que se manifestaram nessas palavras que só soube exprimir o meu sentimento erguendo-a do chão e beijando-a efusivamente, ao que ela imediatamente começou a gritar e a chorar. "O senhor fez muito mal", disse Carlota. Fiquei surpreso e perplexo. "Vem, Amalinha", continuou ela, levando-a pela mão e fazendo-a descer a escada, "vem lavar-te nesta água fresca, que aí nada vai acontecer." Fiquei olhando a pequena esfregar freneticamente as bochechas com suas mãozinhas molhadas, na mais absoluta fé de que a água milagrosa haveria de deixá-la sem mácula, e a preservaria da vergonha de ficar com uma barba horrorosa; a certa altura Carlota disse: "Agora chega!", mas a criança continuou a lavar-se energicamente, como se acreditasse que prevenir é melhor que remediar. Asseguro-te, Wilhelm, que nunca assisti com maior respeito a uma cerimônia de batismo. E quando Carlota subiu senti ímpetos de prostrar-me diante dela, como diante de um profeta que tivesse acabado de absolver todo um povo de seus pecados.

À noite, com o coração contente, não pude deixar de contar o caso a um homem do qual, por sabê-lo inteligente, esperava um comportamento compreensivo e acolhedor. Mas qual foi a sua reação! Disse que Carlota agira muito mal, pois não se deve ludibriar as crianças; que histórias como esta dão ensejo a uma infinidade de enganos e superstições, contra as quais é necessário proteger as crianças desde cedo. Ocorreu-me, então, que este homem batizara um dos seus filhos oito dias antes. Relevei, portanto, as suas palavras, e em meu coração me mantive fiel a esta verdade: devemos proceder com as crianças como Deus procede conosco, fazendo-nos realmente felizes quando nos deixa vagar a esmo, mergulhados em doce ilusão.

8 de julho

Como somos crianças! Como ansiamos por um olhar! Como somos crianças! Tínhamos ido a Wahlheim. As damas foram de carro, e durante os passeios julguei ter visto nos olhos negros de Carlota — sou um tolo, perdoa!, mas deverias vê-los, estes olhos. Para resumir (pois estou caindo de sono): as damas subiram no coche, e ao redor dele estavam o jovem W., Selstadt, Audran e eu. Elas conversavam pela portinhola com esses moços, que realmente se comportavam de uma maneira absolutamente frívola. Procurei os olhos de Carlota; ai de mim, eles iam de um para o outro! Mas em mim!, em mim!, em mim!, que ali estava concentrando o pensamento apenas nela, eles não pousavam! Meu coração mil vezes disse-lhe adeus, mas ela não me via. O coche partiu, e uma lágrima embaçou-me os olhos. Acompanhei-a com o olhar e vi sua cabeça inclinar-se para fora da portinhola, ela se voltava para olhar — para mim? Querido amigo, flutuo nesta incerteza. Meu consolo é: talvez ela se tenha voltado para me olhar! Talvez! Boa noite! Ah, como sou criança!

10 de julho

Devias ver que figura ridícula faço quando, em alguma reunião, fala-se dela! Quando então me perguntam se ela me agrada... Agradar! Detesto essa palavra. Que homem é esse, a quem Carlota apenas agrada, sem que todos os seus sentidos e sentimentos sejam dominados por sua presença? Agradar! Outro dia perguntaram-me se Ossian me agradava!

11 de julho

A senhora M... está passando muito mal; rezo por sua vida, porque sofro com Carlota. Vejo-a muito raramente na casa de uma amiga, e hoje ela contou-me um episódio estranho. O velho M... é um homem avarento e cobiçoso, que atormentou a vida de sua esposa e lhe recusou tudo quanto podia. Ela, apesar disso, sempre soube prover o necessário. Há alguns dias, quando o médico disse que sua vida estava por pouco, ela mandou chamar o marido (Carlota estava no aposento) e disse-lhe: "Preciso confessar-te uma coisa que poderia causar confusão e aborrecimentos após a minha morte. Até hoje cuidei da casa, deixando-a em ordem e economizando onde podia. Mas deves me perdoar, porque te enganei durante trinta anos. No começo do nosso casamento, fixaste uma soma pequena para o provimento da cozinha e outras despesas. Quando nossa casa e nossos negócios aumentaram, não foi possível convencer-te a aumentar proporcionalmente a soma que me davas semanalmente. Em suma, sabes muito bem que, quando as despesas chegaram ao auge, exigiste de mim que arcasse com tudo com apenas sete florins por semana. Recebi-os sem protestar, mas retirava semanalmente do caixa o que me faltava, uma vez que ninguém iria suspeitar que tua própria mulher fosse roubar-te. Não desperdicei nada, e, mesmo sem esta confissão, eu poderia ir calmamente ao encontro da eternidade; mas a minha sucessora talvez não saiba lidar com esta dificuldade, e tu serias capaz de insistir que tua primeira mulher sempre soube arranjar-se com essa soma."

Conversei com Carlota sobre a incrível cegueira do ser humano, incapaz de desconfiar que algo errado deve estar acontecendo, quando sete florins pretensamente são suficientes para cobrir despesas que, claramente, perfazem o dobro. Mas eu próprio conheço pessoas que, sem espanto, teriam recebido em suas casas o inesgotável jarro de azeite do profeta.

13 de julho

Não, não estou me enganando! Leio em seus olhos negros um verdadeiro interesse por mim e por meu destino. Sim, eu sinto, e nisso posso confiar no meu coração, que ela – ah, poderei pronunciar estas palavras que encerram o paraíso? –, sinto que ela me ama!

Ela me ama! Quanto aumentou o meu valor aos meus próprios olhos, quanto – a ti posso dizê-lo, pois saberás compreender-me –, quanto adoro a mim mesmo, desde que ela me ama!

Será presunção ou a percepção do que realmente está acontecendo? Não conheço ninguém que pudesse ocupar o coração de Carlota. E, no entanto, quando ela fala com tanto calor e amor de seu noivo, é como se eu fosse um homem despojado de todas as honrarias e dignidades, e ao qual tivessem tomado a espada.

16 de julho

Ah, como estremeço quando o meu dedo toca por acaso no seu, quando nossos pés se encontram embaixo da mesa! Recolho-me como que tocado pelo fogo, e uma força secreta impele-me de novo para a frente – uma vertigem apodera-se de todos os meus sentidos. E sua inocência, sua alma pura não pressente o quanto estas pequenas familiaridades me afligem. E quando então, durante a conversa, ela pousa a mão sobre a minha, e, em meio a uma discussão animada, aproxima-se tanto de mim que seu hálito celestial roça os meus lábios: nestes momentos sinto-me desfalecer, como que atingido por um raio. E, Wilhelm, este céu, esta confiança, jamais eu ousaria...! – compreendes o que quero dizer. Não, meu coração não é assim tão devasso! Fraco, sim, muito fraco! E isto não é ser devasso!

Ela me é sagrada. Todo desejo silencia em sua presença. Sempre me sinto de modo estranho quando estou ao seu lado. É como se minha alma se desordenasse inteira em todos os meus nervos. Há uma melodia que ela toca no piano como um anjo, com tanta simplicidade e tanta poesia! É a sua canção predileta, e quando ela faz soar a primeira nota sinto-me curado de todos os meus sofrimentos, das confusões e de todas as minhas cismas.

Acredito em tudo o que dizem do poder mágico que emana da música dos velhos tempos. Como me emociona esta cantiga singela! E como ela sabe evocá-la, muitas vezes exatamente no momento em que tenho vontade de meter uma bala na cabeça! A perturbação e a escuridão da minha alma se dissipam, e volto a respirar mais livremente.

18 de julho

Wilhelm, o que seria o mundo, para o nosso coração, sem amor! Uma lanterna mágica sem luz! É só trazeres a lamparina, e logo imagens multicoloridas se projetam na parede branca! E, se estas imagens não passarem de fantasmas efêmeros, ainda assim sentimo-nos felizes postando-nos diante delas, como crianças, encantados ao contemplar essas aparições maravilhosas. Hoje não pude ver Carlota, uma reunião inevitável impediu-me. O que podia fazer? Mandei lá o meu criado, só para ter perto de mim alguém que a tivesse visto hoje. Com que impaciência esperei o seu retorno, e com que alegria o vi regressar! Eu o teria beijado, se a vergonha não me tivesse refreado.

Dizem que a Pedra Bolonhesa, quando exposta ao sol, atrai os seus raios e continua a brilhar por algum tempo durante a noite. O mesmo senti em relação ao criado. A ideia de que os olhos de Carlota tinham pousado em seu rosto, em suas faces, nos botões de seu casaco e no seu sobretudo fazia com que tudo nele se tornasse precioso e sagrado para mim. Naquele momento, não trocaria o meu criado nem por mil moedas. Sentia-me tão bem na sua presença. Deus te livre que rias de tudo isso. Wilhelm, será tudo ilusão, quando nos sentimos bem?

19 de julho

"Vou vê-la!", exclamo de manhã, quando desperto e, com a melhor das disposições, vou espiar o sol. "Vou vê-la!" E para o resto do dia não tenho outro desejo. Tudo, tudo se resume nesta perspectiva.

20 de julho

A ideia de acompanhar o embaixador a... ainda não me agrada. Não sou muito dado à subordinação, e todos nós sabemos que, além de tudo, trata-se de um homem desagradável. Segundo dizes, minha mãe deseja que eu tenha alguma atividade, e isso me fez rir. Então eu não estou em plena atividade agora, e não é indiferente se me ocupo contando grãos de ervilhas ou lentilhas? Tudo no mundo acaba por dar nas mesmas ninharias; e aquele que, para agradar aos outros, e não por paixão ou necessidade íntima, esfalfar-se para ganhar dinheiro, honrarias ou algo semelhante, este sempre será um tolo.

Primeiro livro

24 de julho

Já que insistes tanto para que eu não me descuide do meu desenho, preferiria não tocar no assunto a dizer-te que ultimamente pouco tenho trabalhado.

Jamais fui tão feliz, nunca senti a natureza — seja uma pequena pedra, seja a menor das graminhas — com tanta intensidade, de modo tão completo; e, no entanto, não sei como dizer-te, minha capacidade de expressão está tão fraca, tudo flutua e oscila de tal maneira diante da minha alma que não consigo acertar um único contorno. Mas imagino que talvez pudesse criar algo, se tivesse argila ou cera nas mãos. Se este estado persistir, de fato recorrerei à argila e passarei a amassá-la, nem que seja para fazer bolinhos!

Por três vezes comecei a fazer o retrato de Carlota, e três vezes o resultado foi deplorável; isso me aborrece, porque até pouco tempo atrás eu era muito hábil em captar os traços das pessoas. Em vista disso, desenhei os contornos do seu perfil, e com isso deverei contentar-me por ora.

26 de julho

Sim, querida Carlota, cuidarei e tratarei de tudo; dê-me sempre novas incumbências, quanto mais, melhor. Apenas lhe peço uma coisa: não ponha mais areia para secar a tinta dos bilhetinhos que me escreve. Levei o de hoje rapidamente aos lábios e fiquei rilhando os dentes.

26 de julho

Já tomei várias vezes a decisão de não vê-la com tanta frequência. E quem diz que sou capaz de me ater a esse propósito? Todos os dias sucumbo à tentação e prometo a mim mesmo: amanhã, não irás procurá-la. Quando chega o dia seguinte, sempre encontro algum motivo impreterível e, quando me dou conta, já estou indo ao seu encontro. As razões são várias: às vezes, por exemplo, ela me diz à noite: "O senhor virá amanhã, não é?" — Quem poderia resistir a isso? — Ou então ela me dá alguma incumbência, e eu julgo conveniente levar-lhe pessoalmente a resposta. Ou ainda pode acontecer que o dia esteja lindo, e eu vá a Wahlheim; uma vez lá, preciso de apenas meia hora para chegar à casa dela... Estou perto demais da sua atmosfera e, zás!, eis-me ao seu lado. Minha avó contava a história da montanha de ímã: os navios que se aproximassem demais eram despojados de todas as suas guarnições de ferro, os pregos voavam em direção à montanha e os infortunados tripulantes soçobravam por entre as pranchas que tombavam umas sobre as outras.

30 de julho

Alberto chegou, e eu vou partir. Mesmo que ele fosse o melhor e mais nobre dos homens, diante do qual eu estaria disposto a reconhecer a minha inferioridade sob todos os pontos de vista, mesmo assim não suportaria vê-lo à minha frente como possuidor de tantas virtudes. – Possuidor! – Em suma, Wilhelm, o noivo está aqui! É um homem honrado, amável, a quem não se pode deixar de estimar. Felizmente não assisti à sua chegada. Isso teria despedaçado o meu coração. Ele também teve a delicadeza de não beijar Carlota nenhuma vez sequer na minha presença. Que Deus o recompense por isso! Sou compelido a estimá-lo pelo respeito que demonstra para com Carlota. Ele é cortês comigo, mas suponho que isso se deva mais a ela do que aos seus próprios sentimentos; porque nesse ponto as mulheres são refinadas, e têm razão: quando conseguem fazer com que dois admiradores se deem bem, a vantagem será sempre delas, embora isso raramente dê certo.

Entretanto, não posso deixar de reconhecer os méritos de Alberto. Sua serenidade de ânimo contrasta vivamente com o meu caráter inquieto, que não posso ocultar. Ele possui muita sensibilidade e sabe o quanto é inestimável o valor de Carlota. Aparentemente, ele é uma pessoa pouco sujeita ao mau humor, um defeito que, como sabes, detesto acima de tudo.

Alberto me considera um homem inteligente, e meu afeto por Carlota, o profundo prazer que encontro em tudo quanto ela faz, aumentam o seu triunfo e intensificam o seu amor por ela. Não sei se ele às vezes não a atormenta com uma pontinha de ciúme; eu, pelo menos, se estivesse em seu lugar, não estaria a salvo deste demônio.

Seja como for, a minha felicidade de estar ao lado de Carlota acabou. Devo chamar a isso tolice ou obcecação? O nome não importa, o que interessa é o fato em si. Eu já sabia tudo quanto sei agora, antes de Alberto chegar. Eu sabia que não podia ter pretensões em relação a ela, e não tinha nenhuma... isto é, na medida em que é possível não alimentar desejos na presença de uma criatura tão adorável. E agora o imbecil arregala os olhos, porque o outro efetivamente apareceu e lhe toma a mulher amada.

Ranjo os dentes e zombo da minha infelicidade, e zombo dupla, triplamente daqueles que poderiam querer dizer que devo resignar-me, uma vez que não há o que fazer. Que esses paspalhos fiquem longe de mim! Fico andando a esmo pelos bosques; quando chego à casa de Carlota e vejo Alberto sentado ao seu lado no jardim, debaixo do caramanchão, não sei nem como proceder, e então desando numa animação estapafúrdia, fazendo gracejos e dizendo coisas confusas. "Pelo amor de Deus", disse-me Carlota hoje, "peço-lhe que não volte a fazer cenas como a de ontem à noite! O senhor é terrível quando fica alegre assim." Cá entre nós, fico espreitando a hora em que ele está ocupado; então, num zás-trás, estou na casa dela, e lá sempre me sinto feliz quando a encontro sozinha.

8 de agosto

Podes acreditar, meu caro Wilhelm, que não me referia a ti, quando chamei de insuportáveis as pessoas que exigem de nós resignação ante um destino irreversível. Não imaginava, realmente, que fosses da mesma opinião. E, no fundo, tens razão. Apenas uma observação, meu amigo: as coisas, neste mundo, raramente se resumem no esquema do preto e branco, nas alternativas claramente definidas. Os sentimentos e as maneiras de agir são tão variáveis quanto as gradações entre um nariz aquilino e um nariz chato.

Portanto, não me levarás a mal se eu concordar com teu argumento, mas ainda assim procurar escapar por entre duas alternativas.

Eis tuas palavras: ou tens esperança de obter Carlota ou não a tens. No primeiro caso, procura transformá-la em realidade, esforça-te por alcançar a realização dos teus desejos; no segundo, enche-te de coragem e procura livrar-te de um sentimento nefasto, que acabará por consumir todas as tuas forças. Caro amigo, são palavras sábias e... fáceis de dizer.

Então podes exigir de um infeliz, cuja vida se esvai lentamente, destruída por uma doença inexorável, que acabe de uma vez com os seus sofrimentos com um golpe de punhal? O mal que consome suas forças não lhe rouba ao mesmo tempo a coragem de libertar-se?

É bem verdade que poderias responder-me com um símile análogo: quem não preferiria cortar o braço a arriscar a vida por medo e hesitações? Não sei — mas não vamos ficar discutindo símiles. Em suma — sim, Wilhelm, em certos momentos sinto uma súbita coragem para livrar-me de tudo, e se soubesse para onde ir certamente partiria.

À noite

Meu diário, que abandonei durante algum tempo, caiu-me hoje nas mãos, e fico espantado ao constatar como enveredei tão conscientemente por esse caminho, passo a passo! Vejo que sempre percebi claramente o meu estado, agindo, apesar disso, como uma criança. Ainda agora vejo tudo claramente, porém sem a menor perspectiva de me corrigir.

10 de agosto

Eu poderia ter uma vida maravilhosa e feliz, se não fosse um tolo. Raramente coincidem tantas circunstâncias propícias a regozijar a alma de um homem, como estas em que me encontro agora. Ah, realmente é verdade que nossa felicidade depende apenas do nosso coração. Ser membro da família mais encantadora que se possa imaginar, ser amado pelo velho pai como um filho, pelas crianças como um pai, e ser amado por Carlota! E Alberto, então, este homem íntegro, que nunca perturba a minha felicidade com algum humor volúvel, que me devota uma amizade sincera e que, depois de Carlota, a ninguém estima mais do que a mim. Wilhelm, é um verdadeiro prazer ouvir-nos falando sobre Carlota, quando passeamos juntos: não existe nada mais ridículo no mundo do que esta situação e, no entanto, muitas vezes ela me comove até as lágrimas.

Ele me fala da mãe de Carlota: como ela, em seu leito de morte, entregou sua casa e seus filhos aos cuidados da filha; como esta, a partir de então, foi tomada de um espírito inteiramente novo e, imbuída da responsabilidade, tornou-se uma verdadeira mãe; como não houve mais nenhum instante em sua vida que não fosse dedicado ao amor ou ao trabalho, sem que ela perdesse, porém, a sua vivacidade natural e o espírito alegre. Vou andando ao seu lado, colhendo flores à beira do caminho; componho-as cuidadosamente num ramalhete e, em seguida, atiro-as no rio à nossa frente, observando-as balouçar suavemente corrente abaixo. Não sei se te escrevi que Alberto vai permanecer aqui e obterá um cargo excelentemente remunerado da Corte, onde é tido em alta estima. Conheço poucos que se lhe comparem no que diz respeito a ordem e dedicação no trabalho.

12 de agosto

Sem dúvida, Alberto é o melhor homem sobre a face da terra. Ontem tive com ele uma cena maravilhosa. Fui procurá-lo, para despedir-me, porque de repente tive vontade de partir a cavalo para as montanhas, de onde estou te escrevendo neste momento. Andando pela sala, meus olhos se detiveram nas suas pistolas. "Empresta-me estas pistolas para a viagem", disse-lhe eu. "Pois não", respondeu, "se quiseres dar-te ao trabalho de carregá-las; eu as conservo aqui somente para manter as aparências." Tomei uma delas nas mãos, e ele prosseguiu: "A partir do dia em que os meus cuidados me pregaram uma peça tão desagradável, não quero ter mais nada a ver com essa tralha." Fiquei curioso de saber a história e ele contou: "Passei uns três meses no campo, na casa de um amigo, possuía um par de pistolas descarregadas, e dormia tranquilo. Certa vez, numa tarde chuvosa, estando ocioso, ocorreu-me, não sei por que motivo, que poderíamos ser assaltados e necessitar das pistolas, que poderíamos – bem, sabes como é. Entreguei-as ao criado, para que as limpasse e carregasse. Ele começou a gracejar com as criadas, querendo assustá-las e, só Deus sabe como, a pistola, com a vareta ainda dentro do cano, dispara, despedaçando o polegar da mão direita de uma das moças. Aí tive de ouvir todas as lamentações e, ainda por cima, pagar o tratamento. Desde então todas as minhas armas permanecem descarregadas. Meu querido amigo, de que vale a precaução? Os perigos são imprevisíveis! É verdade que..." Bem, sabes que gosto imensamente de Alberto, mas não suporto quando ele começa com o seu "é verdade que"; porque, afinal, é óbvio que toda proposição implica exceções. Mas é assim que Alberto se justifica! Quando acredita ter dito algo precipitadamente, quando julga ter-se perdido em generalizações ou meias-verdades, ele não para de limitar, modificar, acrescentar e subtrair, até que, no final, não sobre mais nada. E nesta ocasião ele se deteve longamente no assunto: finalmente, parei de prestar atenção às suas palavras, comecei a devanear, e então, com um gesto repentino, apontei a arma para o meu olho direito. "Irra!", exclamou Alberto, abaixando o cano da pistola, "o que é isso?" "Ela não está carregada", respondi. "Mesmo assim, para que isso?", retrucou impaciente. "Não posso imaginar como uma pessoa pode ser tão tola, a ponto de querer matar-se com uma arma; a simples ideia causa-me repulsa."

"Não sei por que as pessoas", gritei, "quando falam de alguma coisa, logo precisam dizer: 'isto é insensato, aquilo é inteligente, isto é bom, aquilo é mau!' O que representam todas essas palavras? Elas ajudam a desvendar as razões ocultas de uma determinada ação? Vocês, que são tão rápidos no julgamento, podem determinar, com absoluta certeza, por que o ato aconteceu, por que era inevitável? Se assim fosse, não pronunciariam sentenças de maneira tão precipitada."

"Hás de concordar comigo", disse Alberto, "que certas ações são imorais, quaisquer que sejam os seus motivos."

Dei de ombros e concordei. Mas prossegui: "No entanto, meu caro, também aqui há algumas exceções. É verdade que o roubo é imoral: mas o homem que se torna ladrão para salvar a si próprio e à família de morrer de fome, este homem merece compaixão ou castigo? Quem lançará a primeira pedra no esposo que, tomado de fúria justa, matar a esposa infiel e seu infame sedutor? Na jovem que, num momento de paixão, entrega-se aos prazeres irresistíveis do amor? Nossas próprias leis, essas pedantes desalmadas, deixam-se comover e abstêm-se do castigo."

"Os casos que mencionas são algo completamente diferente", replicou Alberto, "porque um homem que se deixa arrebatar por suas paixões perde a capacidade de refletir e é considerado um ébrio ou um louco."

"Ah, como vocês são sensatos!", exclamei sorrindo. "Paixão! Ebriedade! Loucura! Vocês, defensores da moral, tudo contemplam com tanta calma, tão indiferentes, vocês recriminam o bêbado, desprezam o louco, por todos passam como um sacerdote, agradecendo a Deus, como o fariseu, por Ele não os ter feito iguais a esses infelizes. Eu me embriaguei por mais de uma vez na vida, minhas paixões nunca estiveram distantes da loucura, e não me arrependo: porque foi assim que vim a compreender que, desde tempos imemoriais, foram considerados ébrios ou loucos os homens extraordinários, que realizaram grandes coisas, coisas que pareciam impossíveis. Mas também na vida cotidiana é insuportável ouvir gritarem, quando alguém se comporta de maneira livre, nobre, inesperada: 'Esse homem bebeu demais, está louco!' Vocês, homens tão sóbrios e sábios, deviam envergonhar-se."

"Tudo isso é esquisitice tua", disse Alberto, "exageras em tudo, e pelo menos neste ponto te enganas, ao comparar o suicídio, do qual estamos falando, com as grandes ações, quando na verdade só podemos considerá-lo como uma fraqueza. Porque realmente é mais fácil morrer do que suportar corajosamente uma vida sofrida."

Eu estava a ponto de interromper bruscamente a conversa, porque nenhum argumento me irrita tanto quanto um lugar-comum insignificante, chamado à baila quando estou discutindo um assunto com toda seriedade. Controlei-me, porém, porque já tinha me aborrecido outras vezes, ouvindo essas trivialidades. Respondi, portanto, com alguma vivacidade: "Chamas a isso de fraqueza? Peço-te que não te deixes enganar pelas aparências. Dirás que é fraco um povo que, sofrendo sob o jugo insuportável de um tirano, finalmente se revolta e rompe suas cadeias? Um homem que, apavorado com o fogo que destrói a sua casa, reúne todas as suas forças e transporta facilmente cargas que, em tempos normais, mal poderia mover; alguém que, enfurecido por uma ofensa, luta contra seis adversários e os vence: chamarias a estes de fracos? Além disso, meu caro amigo, se a mobilização de todas as forças é sinal de vigor, por que a exaltação em excesso seria o contrário?" Alberto encarou-me e disse: "Sinto muito, mas os teus exemplos não me parecem adequados ao assunto que estamos discutindo." "Pode ser", repliquei, "já me disseras, por mais de uma vez, que minhas associações não raro são disparatadas. Vejamos, então, se há outra maneira de imaginarmos como se sente o homem decidido a livrar-se do fardo da vida, que, segundo dizem, é agradável. Porque somente temos o direito de falar sobre determinada situação quando somos capazes de senti-la e compreendê-la.

"A natureza humana", prossegui, "tem seus limites: pode suportar, até certo ponto, alegrias, tristezas e dores; se ultrapassar este limite, sucumbirá. Não se trata, portanto, de discutir se um homem é fraco ou forte, e sim de saber se ele pode suportar a medida dos seus sofrimentos, sejam eles morais ou físicos. E no meu entender é tão absurdo dizer que um homem é fraco por suicidar-se quanto seria inadmissível chamar de covarde aquele que morre vitimado de uma febre maligna."

"Paradoxo! Muito paradoxo!", exclamou Alberto. "Nem tanto quanto pensas", retruquei. "Concordarás comigo que chamamos de mortal aquela doença que ataca o organismo de tal maneira que suas forças são, em parte, consumidas, em parte a tal ponto depauperadas, que nenhuma recuperação é possível, e nenhuma reação é capaz de restabelecer o curso normal da vida.

"Muito bem, caro amigo, vamos transferir tudo isso para a esfera do espírito. Observa o quanto o ser humano é limitado, como as impressões agem sobre o seu espírito, determinadas ideias nele se fixam, até que uma paixão crescente o priva da capacidade de refletir calmamente e acaba por destruí-lo.

"De nada adianta que um homem de bom senso perceba a situação do infeliz e lhe dê bons conselhos. Assim como seria inútil uma pessoa saudável, junto ao leito de um doente, tentar transmitir-lhe, para curá-lo, as suas próprias forças."

Para Alberto, tudo o que eu dizia era por demais generalizado. Lembrei-lhe, então, a história de uma moça que recentemente encontraram afogada no rio. "Era uma criatura bondosa e jovem, que se criou no estreito círculo de suas ocupações domésticas e do trabalho disciplinado. Sua única distração era, aos domingos, com um vestido comprado à custa de muita economia, ir passear com as amigas nos arredores da cidade; ou então ir dançar de quando em quando, por ocasião de alguma grande festividade: de resto, tinha o hábito de conversar, muito interessada e animada, com uma vizinha sobre alguma briga ou algum mexerico. Aconteceu, porém, que sua natureza ardente, afinal, começou a manifestar certos desejos, estimulados pelos galanteios dos homens. As diversões que antes lhe davam prazer foram pouco a pouco perdendo o interesse, até o dia em que encontrou alguém para o qual se viu irresistivelmente atraída por um sentimento desconhecido. Nele concentrou todas as suas esperanças, esquecendo o mundo ao seu redor, nada ouvindo, nada vendo e nada sentindo senão esse homem, só a ele desejando. Não corrompida pelas frivolidades de uma vaidade volúvel, seu desejo conhece apenas um objetivo; ela quer pertencer-lhe, encontrar numa união eterna toda a felicidade que lhe falta e fruir todas as alegrias pelas quais sempre ansiou. Promessas repetidas que lhe asseguram a realização de seus sonhos, carícias ousadas que atiçam seus desejos, tudo isso envolveu completamente a sua alma; ela flutua num estado de aturdimento, numa antecipação de todas as alegrias futuras, seus nervos estão tensos ao máximo, finalmente ela estende os braços ao encontro do seu ideal – e o homem amado a abandona. Estarrecida, fora de si, ela se encontra diante de um abismo. Ao seu redor, a escuridão, nenhuma esperança, nenhum consolo, nenhum futuro, porque aquele a quem tinha devotado a vida a deixou. Ela não consegue ver o mundo que está à sua volta, tampouco aqueles que poderiam compensar a perda; sente-se sozinha, abandonada – e então, cegamente, desesperada e com o coração angustiado, ela se precipita nas águas, a fim de nelas encontrar a morte e afogar todos os seus tormentos. Vê, Alberto, esta é uma história que acontece com muita gente! E o mesmo não ocorre no caso de uma doença? A natureza não encontra uma saída do labirinto onde as forças tumultuadas e contrárias se debatem, e o ser humano acaba morrendo. Ai daquele, capaz de assistir a tudo isso e dizer: 'Que tola! Se ela tivesse esperado, deixando o tempo passar, certamente o seu desespero ter-se-ia abrandado, e alguém apareceria para consolá-la.' É como se alguém dissesse: 'Que tolo, morrer assim de uma febre! Se ele tivesse esperado que suas forças voltassem, seus humores se refizessem e o tumulto de seu sangue amainasse, tudo teria corrido bem, e ele estaria vivo até hoje!'"

Alberto, para quem as minhas comparações ainda não eram suficientemente claras, fez-me várias objeções, entre elas a seguinte: que eu havia contado apenas a história de uma moça simplória; mas que não poderia conceber, jamais, uma desculpa, caso se tratasse de uma pessoa sensata, menos limitada, e capaz de compreender as verdadeiras dimensões das coisas. "Meu amigo", exclamei, "o ser humano é sempre o ser humano, e a inteligência de que eventualmente dispõe pouco ou nada importa, quando a paixão o devasta e os limites da humanidade o impelem à ação. Pelo contrário — mas deixemos isso para outra vez." Peguei o chapéu. Ah, meu coração transbordava — e assim nos separamos, sem nos termos entendido. O que, aliás, não é de admirar, pois neste mundo raramente nos compreendemos uns aos outros.

15 de agosto

Não há dúvida de que apenas o amor torna o homem necessário neste mundo. Sinto-o em Carlota, que ela ficaria magoada se me perdesse, e as crianças não admitem a ideia de não me ver todos os dias. Hoje fui até lá para afinar o piano de Carlota; mas não pude fazer nada, porque os pequenos se penduraram em mim, pedindo um conto de fadas, e por fim a própria Carlota achou que eu deveria fazer-lhes a vontade. Cortei-lhes o pão do lanche, que agora recebem de mim com tanto prazer como de Carlota, e passei a contar-lhes a história da princesa servida por mãos. Nessas horas aprendo uma porção de coisas, asseguro-te, e sempre fico admirado ao observar as impressões que essas histórias lhes causam. Às vezes preciso inventar algum detalhe, e quando o esqueço ao repetir a história uma segunda vez as crianças imediatamente me advertem, dizendo que da outra vez tinha sido diferente. Assim, sou obrigado a recitá-las sem alterar uma vírgula, sempre no mesmo ritmo. Isto me ensinou que um autor necessariamente prejudica o seu livro quando o reescreve e corrige para uma segunda edição, por mais que esta seja muito mais perfeita do ponto de vista poético. A primeira impressão nos encontra receptivos, e o ser humano é feito de modo a aceitar docilmente até as histórias mais fantásticas; estas, porém, logo se fixam de maneira indelével em seu espírito, e ai daquele que tentar apagá-las ou suprimi-las!

18 de agosto

Por que aquilo que representa a felicidade do homem acaba se transformando, um dia, na fonte de sua desdita? Por que tem de ser assim?

O sentimento intenso, cálido pela natureza palpitante, que me inundava de felicidade, transformando em paraíso o mundo ao meu redor, tornou-se agora para mim um suplício insuportável, um tormento que me persegue por toda parte. Outrora, quando, do alto do rochedo, para além do riacho, via o vale fértil estendendo-se até as colinas, e tudo germinava e frondejava em torno de mim; quando via aquelas montanhas cobertas, do sopé aos cumes, por árvores altas e frondosas, os vales com suas sinuosidades sombreadas de bosques aprazíveis, o riacho tranquilo deslizando por entre caniçais rumorejantes, refletindo as nuvens delicadas que balouçam no céu ao sopro da suave brisa vespertina; quando, então, eu ouvia os pássaros dando vida à floresta com seus cantos e enxames incontáveis de moscardos dançavam alegremente no último raio rubro do sol, cujo olhar derradeiro, chamejante, libertava da relva o zumbido de um besouro; quando, aos zunidos e movimentos ao redor, meus olhos se voltavam para o chão e o musgo que extrai seu alimento da rocha dura, os arbustos que crescem na encosta da colina arenosa, tudo isso me revelava a vida interior, ardente e sagrada da natureza: com quanta ternura abrigava todo este universo no meu coração amoroso! Tomado pela emoção transbordante, sentia-me como um deus, e as imagens maravilhosas deste mundo infinito invadiam e vivificavam a minha alma. Montanhas gigantescas me cercavam, diante de mim, abriam-se abismos pelos quais se precipitavam as torrentes crescidas com as chuvas, embaixo rolavam as águas dos rios, florestas e montanhas ressoavam. E eu via todas essas forças insondáveis atuando nas profundezas da terra. Por outro lado, sobre a terra e sob o céu pululavam gerações e gerações das mais diversas criaturas, e tudo, tudo se povoava de formas incontáveis. Em seguida, os homens se agrupavam, construíam suas casinhas e passavam a reinar soberanamente sobre o mundo inteiro. Pobre tolo, que não vês a grandeza das coisas, porque és tão pequeno! Desde as montanhas impérvias, desde os desertos jamais tocados por algum pé humano até os longínquos oceanos desconhecidos, sopra o espírito do Criador eterno, rejubilando-se a cada grão de pó que d'Ele se apercebe e vive. Ah, naquele tempo, quantas vezes desejei que as asas do grou, que voava sobre minha cabeça, me transportassem até as margens do mar incomensurável, para que pudesse beber, na taça espumante do infinito, a palpitante alegria da vida, e sentir em mim, criatura frágil e limitada, por um momento apenas, uma gota da bem-aventurança daquele Ser que cria todas as coisas em Si e por Si mesmo.

Meu irmão, a lembrança daquelas horas me faz bem. Até mesmo o esforço de evocar aqueles sentimentos indizíveis e expressá-los traz alento à minha alma, mas faz com que, em seguida, sinta duplamente a angústia do estado em que me encontro agora.

É como se um véu se tivesse rasgado diante de minha alma, e o palco da vida infinita transforma-se, para mim, no abismo de um túmulo eternamente aberto. Poderás dizer: "É assim mesmo!" Quando tudo passa? Quando tudo deixa de existir e desaparece com a rapidez de um raio, tão raramente sendo dado aos seres viver até se esgotarem as suas forças, quando eles, ai, são arrastados pela correnteza, engolfados por ela e destroçados de encontro aos rochedos? Não há um momento em que não destrua a ti e aos teus, em que não sejas, necessariamente, também tu um destruidor. Um simples passeio custa a vida de milhares de pobres vermezinhos, uma passada desmantela as construções penosamente erigidas pelas formigas e condena a um túmulo ignominioso todo um pequeno universo. Ah! O que me comove não são as grandes e extraordinárias catástrofes deste mundo, as inundações que devastam as aldeias, os terremotos que arrasam as cidades; o que me dilacera o coração é a força destruidora, oculta no seio da natureza, a qual nada criou que não destrua a criatura vizinha e a si própria. E assim sigo meu caminho inseguro, amedrontado. Em torno de mim, o céu, a terra e suas forças ativas: nada vejo além de um monstro eternamente devorador, um ruminante eterno.

21 de agosto

Em vão estendo os braços ao encontro dela, de manhã, quando me vejo emergir de sonhos opressivos; debalde procuro-a à noite, deitado em minha cama, quando um sonho inocente e feliz fez-me acreditar que estava sentado junto dela na relva, segurando a sua mão e cobrindo-a de mil beijos. Ai de mim, quando, ainda mal desperto, a procuro tateando, e então acordo completamente, uma torrente de lágrimas brota do meu coração ferido, e choro amargamente, pensando no meu futuro sombrio.

22 de agosto

É uma desgraça, Wilhelm, minhas forças ativas estão perdidas numa indolência agitada, não consigo ficar desocupado, mas, ao mesmo tempo, nada posso fazer. Minha imaginação está paralisada, não sinto mais a natureza, e os livros me enojam. Quando faltamos a nós mesmos, tudo nos falta. Juro que às vezes desejaria ser um simples trabalhador, apenas para de manhã, ao acordar, ter a perspectiva de uma jornada à minha frente, uma obrigação, uma esperança. Muitas vezes invejo Alberto, quando o vejo mergulhado até as orelhas nos seus processos, imaginando como me sentiria bem se estivesse no seu lugar! Por diversas vezes ocorreu-me escrever a ti e ao ministro, pleiteando o cargo na embaixada que, como me asseguras, não me seria recusado. Eu próprio até acredito nisso. O ministro me estima há muito tempo, e sempre me incentivou a me dedicar a alguma profissão. E, por algum tempo, penso nisso seriamente. Mas em seguida, quando volto a pensar no assunto, e me lembro da história do cavalo que, farto de sua liberdade, se deixa arrear e acaba esfalfado pelas esporas do cavaleiro, fico sem saber o que fazer. Além disso, meu caro amigo: não será o meu desejo de mudar de vida um desassossego íntimo, aflitivo, que me perseguirá por toda parte?

28 de agosto

É verdade, se meu mal fosse curável, certamente estas pessoas maravilhosas conseguiriam fazê-lo. Hoje é meu aniversário, e bem cedo recebi um pequeno pacote mandado por Alberto. Ao abri-lo, descubro imediatamente uma das fitas cor-de-rosa usadas por Carlota no dia em que a conheci, e que eu já lhe tinha pedido inúmeras vezes. Havia, ainda, dois livrinhos em formato de bolso, o pequeno Homero de Wetstein, uma edição que há muito cobiçava, para, nos meus passeios, não ter de carregar o de Ernesti. Vês como eles vêm ao encontro dos meus desejos, como procuram proporcionar-me todas as pequenas amabilidades próprias da amizade, mil vezes mais valiosas do que presentes deslumbrantes com os quais a vaidade do doador nos humilha. Cubro a fita de mil beijos, e a cada batida do coração inspiro a recordação da felicidade que me foi concedida tão generosamente naqueles poucos dias ditosos, que nunca mais voltarão. Wilhelm, assim estão as coisas, mas não me queixo, porque as flores da vida são apenas quimeras! Quantas delas passam sem deixar vestígios, quão poucas dão frutos e, desses frutos, quão poucos amadurecem! E, no entanto, ainda restam muitos; e, no entanto — ó meu irmão, podemos negligenciar os frutos maduros, desprezá-los e deixar que apodreçam sem tê-los saboreado?

Adeus! O verão está maravilhoso. Muitas vezes subo nas árvores do pomar de Carlota, e com uma vara comprida recolho as peras do alto. Ela fica embaixo, recebendo as frutas que vou desprendendo dos ramos.

30 de agosto

Infeliz! Não és um tolo? Não te enganas a ti mesmo? Por que te entregas a esta paixão desenfreada, interminável? Todas as minhas preces dirigem-se a ela; na minha imaginação não há outra figura senão a dela, e tudo que me cerca somente tem sentido quando relacionado a ela. E isso me proporciona algumas horas de felicidade — até o momento em que novamente preciso separar-me dela! Ah, Wilhelm!, quantas coisas o meu coração desejaria fazer! Depois de estar junto dela duas ou três horas, deliciando-me com sua presença, suas maneiras, a expressão celestial de suas palavras, e todos os meus sentidos pouco a pouco se tornam tensos, de repente uma sombra turva meus olhos, mal consigo ouvir, sinto-me sufocado, como se estivesse sendo estrangulado por um assassino, meu coração bate estouvadamente, procurando acalmar os meus sentidos atormentados, mas conseguindo apenas aumentar a perturbação — Wilhelm, muitas vezes nem sei se ainda estou neste mundo! Em outros momentos — quando a tristeza não me subjuga e Carlota me concede o pequeno conforto de dar livre curso às minhas mágoas, derramando lágrimas abundantes sobre suas mãos — tenho necessidade de afastar-me, de ir para longe, e então ponho-me a errar pelos campos. Nessas horas, sinto prazer em escalar uma montanha íngreme, em abrir caminho num bosque cerrado, passando por arbustos que me ferem, por espinhos que me dilaceram a pele! Sinto-me um pouco melhor então. Um pouco! E quando então, cansado e sedento, às vezes fico prostrado no caminho, no meio da noite, a lua cheia brilhando sobre minha cabeça, quando na solidão do bosque busco repouso no tronco retorcido de uma árvore, para aliviar meus pés doloridos, e então adormeço na meia-luz, mergulhando num sono inquieto — Ah, Wilhelm!, nestas horas a solidão de uma cela, o cilício e o cíngulo de espinhos seriam um bálsamo para a minha alma sequiosa! Adeus! Somente o túmulo poderá libertar-me desses tormentos.

3 de setembro

Preciso partir! Agradeço-te, Wilhelm, por me teres ajudado a tomar esta decisão, apesar de todas as hesitações! Já faz duas semanas que me proponho afastar-me dela. Preciso partir. Ela está novamente na cidade, na casa de uma amiga. E Alberto – e – preciso partir!

10 de setembro

Que noite, Wilhelm! De agora em diante, suportarei tudo. Nunca mais voltarei a vê-la! Ah, quem me dera abraçar-te e expressar-te com lágrimas e muita emoção, meu querido amigo, os sentimentos que turbilhonam no meu coração! Aqui estou, ofegante, procurando acalmar-me; aguardo o amanhecer, quando os cavalos que mandei providenciar estarão aqui.

Ah, ela dorme tranquilamente, e não imagina que nunca mais me verá. Consegui desprender-me dela, fui forte o suficiente para, numa conversa de duas horas, não lhe revelar os meus propósitos. E, Deus do céu, que conversa tivemos!

Alberto me havia prometido que, logo após o jantar, iria ao jardim com Carlota. Fiquei esperando no terraço, embaixo dos grandes castanheiros, contemplando pela última vez o pôr do sol sobre o vale aprazível, sobre o riacho manso e sereno. Quantas vezes lá estive ao lado dela, apreciando o maravilhoso espetáculo, e agora – comecei a caminhar pela alameda que tanto amava; uma simpatia secreta muitas vezes me havia atraído a esse lugar, até mesmo antes de conhecer Carlota, e como nos alegramos quando, no início da nossa amizade, descobrimos que ambos tínhamos uma predileção por aquele local. Ele, de fato, é um dos mais românticos que já vi.

Primeiramente, descortina-se um amplo panorama através dos castanheiros – ah, lembro-me de, muitas vezes, haver-te descrito em cartas tudo isso: como, mais adiante, nos vemos circundados por altas cercas de faias, como a alameda vai se tornando cada vez mais escura devido a um pequeno bosque à sua margem e como, finalmente, termina em um pequeno pavilhão fechado e resguardado, que encerra a mais profunda solidão. Ainda hoje me recordo da sensação de familiaridade que tive quando ali entrei pela primeira vez, num dia em que o sol já ia alto. Era como se eu pressentisse que aquele ainda haveria de ser, para mim, um cenário de muitas alegrias e grandes sofrimentos.

Havia uma meia hora, aproximadamente, que me mantivera absorto, mergulhado nos pensamentos melancólicos e doces da despedida, do reencontro, quando os ouvi subindo para o terraço. Corri ao seu encontro, peguei (um calafrio percorrendo-me o corpo) a mão de Carlota e a beijei. Tínhamos dado os primeiros passos, quando a lua surgiu atrás da colina coberta de arbustos; conversamos sobre vários assuntos, e sem nos apercebermos chegamos ao pavilhão sombroso. Carlota entrou e sentou-se, Alberto e eu nos acomodamos ao seu lado; a minha inquietação, entretanto, não me permitia ficar sentado por muito tempo; levantei-me, postei-me diante dela, andei de um lado para o outro, voltei a sentar-me: era uma situação angustiante. Carlota chamou nossa atenção para o belo efeito do luar, que, no final das cercas de faias, iluminava todo o terraço à nossa frente: era uma vista maravilhosa, tanto mais surpreendente porque ao nosso redor reinava uma escuridão profunda. Ficamos calados, e após alguns instantes Carlota disse: "Nunca passeio à luz do luar sem que me venha à mente a lembrança dos meus entes queridos, já falecidos, sem que me ocorram pensamentos em torno da morte e do futuro que nos aguarda. Ressuscitaremos!", continuou ela com voz emocionada, "mas, Werther, será que tornaremos a nos encontrar? Será que nos reconheceremos? O que pensa o senhor disso tudo, qual a sua opinião?"

"Carlota", respondi, estendendo-lhe a mão e com os olhos marejados de lágrimas, "haveremos de nos reencontrar, sim, nós nos veremos outra vez, aqui e lá!" Não pude dizer mais uma palavra – Wilhelm, por que ela tinha de me fazer essa pergunta no momento em que meu coração estava angustiado com o adeus iminente?

"E será", prosseguiu ela, "que os nossos mortos sabem de nós, sentem quando estamos felizes e que deles nos lembramos com todo amor? Oh! A imagem de minha mãe sempre está à minha volta nas noites tranquilas, quando estou sentada em meio aos seus filhos, meus filhos agora, que se reúnem em torno de mim do mesmo modo como se reuniam em torno dela. Então, volvo os olhos para o céu com uma lágrima de saudade, desejando que ela pudesse, por um instante apenas, ver como estou cumprindo a promessa, que lhe fiz na hora de sua morte, de me tornar a mãe de seus filhos. Com quanta emoção exclamo então: 'Perdoa-me, querida mãe, se não sou para eles aquilo que tu foste. Ah, no entanto, faço tudo o que posso; eu os visto, alimento e, acima de tudo, cuido deles com carinho, e os amo. Pudesses ver a harmonia que existe entre nós, santa amada, e haverias de glorificar, com a mais profunda gratidão, o Deus a quem pediste, derramando as últimas e mais sentidas lágrimas, o bem-estar dos teus filhos.'"

Oh, Wilhelm, precisavas tê-la ouvido, de que modo ela disse tudo isso, não há palavras para descrevê-lo. E como poderia a letra morta, fria, reproduzir esta flor celestial da alma? Alberto interrompeu-a suavemente: "Tudo isso te emociona demais, querida Carlota! Sei perfeitamente o quanto o teu espírito se ocupa com essas ideias, mas peço-te..." "Oh, Alberto", disse ela, "sei que não esquecerás nunca as noites em que nos reuníamos ao redor da mesinha redonda, quando meu pai estava viajando, e tínhamos mandado as crianças para a cama. Muitas vezes tinhas um bom livro, mas raramente chegavas a lê-lo. A companhia daquela alma maravilhosa não significava muito mais? Que mulher bela, tão doce, alegre e sempre ativa! Deus sabe das lágrimas com que muitas vezes, no meu leito, ajoelhei-me diante d'Ele, pedindo-lhe que me tornasse igual a ela."

"Carlota!", exclamei, prostrando-me aos seus pés, tomando-lhe a mão e banhando-a em lágrimas. "Carlota! A bênção de Deus e o espírito de tua mãe pairam sobre ti!" "Se o senhor a tivesse conhecido", respondeu ela, apertando-me a mão, "ela era digna de que o senhor a conhecesse!" Senti-me desfalecer. Nunca alguém se tinha referido à minha pessoa com palavras tão belas e nobres. E ela prosseguiu: "Esta mulher teve de partir na flor da idade, quando o seu filho menor ainda não tinha seis meses! Sua doença foi breve; ela se manteve calma e resignada, apenas as crianças a preocupavam, especialmente a mais novinha. Ao se aproximar o fim, ela pediu-me: 'Traga-as a mim!' Fui buscá-las. Os menores nada compreendiam; os mais velhos rodeavam o seu leito, desesperados. Ela ergueu as mãos, rezou e abençoou-os, em seguida beijou-os, um a um, e mandou que se retirassem. Aí disse-me: 'Sê uma mãe para eles!' Dei-lhe minha palavra. 'Estás prometendo muita coisa, minha filha', disse ela, 'um coração de mãe, e os olhos de uma mãe. Muitas vezes percebi por tuas lágrimas agradecidas que sabes o que isso significa. Dá tudo isso aos teus irmãos, e a teu pai devota a fidelidade e a obediência de uma esposa. Terás de consolá-lo.' Depois, perguntou pelo marido, mas ele havia saído, para ocultar de nós a dor insuportável que sentia, pois seu coração estava partido.

"Alberto, estavas no quarto. Ela ouviu os passos, perguntou quem era, e pediu que fosses vê-la. Como olhou para ti e para mim, com um olhar reconfortado e tranquilo, na certeza de que, juntos, seríamos felizes..." Alberto abraçou-a e beijou-a, exclamando: "Somos felizes, e o seremos sempre!" Alberto, sempre tão calmo, estava fora de si, e eu próprio não sabia se estava vivo ou morto.

"Werther", tornou ela, "como pode uma mulher como aquela estar morta! Meu Deus, quando penso como nada podemos fazer quando a criatura que mais amamos na vida é tirada de nós! Ninguém sente isso com tanta intensidade como as crianças, que por longo tempo ainda se lamentavam porque homens negros tinham levado a mamãe!"

Ela levantou-se, e eu, como que despertando, profundamente abalado, permaneci sentado, retendo sua mão. "Vamos embora", disse ela, "já é tempo." Ela fez menção de retirar a mão, mas eu a segurei firmemente. "Nós nos veremos outra vez", exclamei, "haveremos de nos encontrar e de nos reconhecer, sob qualquer forma que seja! Despeço-me", prossegui, "mas despeço-me voluntariamente; no entanto, se fosse preciso dizer que é para sempre, não saberia como suportá-lo. Adeus, Carlota! Adeus, Alberto! Tornaremos a nos ver." "Amanhã, suponho", retrucou ela em tom brincalhão. Este "amanhã" atravessou-me o coração. Ah, ela não percebeu nada, quando retirou a mão da minha. Eles seguiram pela alameda, e eu permaneci imóvel, acompanhando com os olhos os seus passos, que se afastavam à luz do luar; depois, atirei-me ao chão, chorei copiosamente, levantei-me de repente e corri até o terraço; lá embaixo, entre as sombras das grandes tílias, ainda vi seu vestido branco refulgindo perto do portão do jardim. Estendi os braços e o brilho desapareceu.

SEGUNDO LIVRO

20 de outubro de 1771

Ontem chegamos aqui. O embaixador não está passando bem, e portanto deverá ficar em casa por alguns dias. Se ele, pelo menos, não fosse tão ranzinza, tudo estaria bem. Percebo, percebo muito bem que o destino me reservou duras provas. Mas, coragem! Com serenidade, tudo se suporta! Serenidade? Dou risada ao escrever esta palavra. Oh, um temperamento um pouco mais jovial faria de mim o homem mais feliz do mundo. O quê! Enquanto outros, cheios de empáfia e presunção, gabam-se de seus pequeninos talentos, eu próprio fico duvidando das minhas forças e dos meus dons? Bom Deus, que me concedestes tudo isso, por que não restringiste Tua dádiva à metade, dando-me, em vez disso, confiança em mim mesmo e um espírito prazenteiro, satisfeito?

Paciência! Paciência! Tudo há de melhorar. Porque tens toda razão, caro amigo. Agora que me encontro diariamente no meio dessa gente, e vejo o que eles fazem e como agem, sinto-me mais em paz comigo mesmo. Sendo da nossa índole compararmos tudo à nossa pessoa, e a nós mesmos com todas as coisas, sem dúvida a nossa felicidade, como a nossa desdita, dependem dos objetos que nos circundam, e nesse momento nada é mais perigoso do que a solidão. Nossa imaginação, incitada por sua própria natureza a expandir-se, alimentada pelas imagens quiméricas da poesia, projeta, em ordem crescente, uma sequência de seres, onde ocupamos o último lugar, e tudo o que está fora de nós parece-nos melhor, e achamos que as outras pessoas são muito mais perfeitas do que nós. Isto é uma coisa perfeitamente natural. Temos consciência dos nossos defeitos, e acreditamos que os outros possuam exatamente o que nos falta; em seguida, a eles acrescentamos todas as nossas virtudes e, ademais, os idealizamos, conferindo-lhes uma certa disposição afável. E, assim, eis que o felizardo se transforma numa criatura perfeita, criada por nós mesmos.

Em contrapartida, quando perseveramos, apesar de todas as nossas fraquezas e dificuldades, descobrimos muitas vezes que, ao perseguirmos nossas metas com mais vagar, ao seguirmos por atalhos e desvios, temos mais sucesso do que aqueles que usam a vela e o remo – e certamente nosso amor-próprio se fortalece, quando conseguimos nos igualar aos outros ou até mesmo ultrapassá-los.

26 de novembro de 1771

Começo a me sentir bastante bem por aqui. O melhor de tudo é que há serviço suficiente para mim; além disso, as várias pessoas com que tenho contato, os novos conhecidos, formam um cenário colorido que me distrai. Conheci o conde C..., um homem que a cada dia aprecio mais, um espírito largo e aberto, de índole sensível, que conhece as coisas do mundo. O nosso convívio demonstra que a amizade e o amor lhe são caros. Interessou-se por mim, quando a ele me dirigi por causa de um negócio de que tinha sido encarregado: logo às primeiras palavras ficou claro que nos entenderíamos, e que ele podia conversar comigo como não poderia fazê-lo com outra pessoa. Também o seu comportamento sincero, franco para comigo é algo que não me canso de elogiar. Não há alegria maior no mundo do que ver como uma grande alma se abre ao nosso encontro.

24 de dezembro de 1771

O embaixador causa-me muitos aborrecimentos, como eu havia previsto. Ele é o tolo mais pontilhoso que se possa imaginar; anda de passinho em passinho e é complicado como uma solteirona; é um homem que jamais está satisfeito consigo mesmo e a quem, por isso, nunca ninguém poderá contentar. É do meu feitio escrever os meus trabalhos de uma só penada, e não modificar uma vírgula. Ele, porém, é capaz de me devolver um memorando, dizendo: "Está bom, mas reveja-o, porque sempre será possível encontrar uma palavra melhor, uma partícula mais precisa." Aí tenho vontade de explodir. Nenhuma conjunção pode estar fora do lugar, e ele odeia todas as inversões que, de quando em quando, me escapam. Se os períodos não fluírem de acordo com a melodia tradicional, ele não entende mais nada. É um tormento ter de trabalhar com um homem como este.

A confiança do conde C... é a única coisa que contrabalança tudo isso. Outro dia ele me disse, com muita franqueza, o quanto lhe desagradam a lentidão e os escrúpulos do embaixador. "As pessoas complicam a própria vida e a dos outros. Mas", disse ele, "é preciso resignar-se como um viajante que precisa transpor uma montanha; se não fosse a montanha, sem dúvida o caminho seria mais cômodo e mais curto; porém, como a montanha existe, é necessário atravessá-la!"

O velho, percebendo os privilégios que o conde me concede, irrita-se e aproveita todas as oportunidades para falar mal dele. Naturalmente o defendo, o que torna as coisas ainda piores. Ontem, ele me deixou furioso, porque senti que também se referia a mim: dizia ele que o conde era muito habilidoso nos negócios, que dispunha de grande facilidade para trabalhar e conduzia a pena com desenvoltura; mas que lhe faltava, como a todos os beletristas, uma sólida erudição. Ao dizê-lo, assumiu um ar de quem diz: "Estás sentindo a indireta?" Mas ele não conseguiu atingir-me. Desprezei o homem capaz de pensar e agir dessa maneira. Enfrentei-o e respondi-lhe com bastante violência. Disse-lhe que o conde é um homem respeitável, tanto pelo seu caráter como por seus conhecimentos. "Nunca", disse eu, "conheci alguém que tivesse conseguido, como ele, ampliar o seu espírito, abrangendo inúmeros assuntos, e, ainda assim, dedicar toda essa atividade ao bem da vida comum das pessoas." Mas tudo isso era grego para aquela mentalidade, e eu me despedi, para não me apoquentar ainda mais diante de tanto embotamento.

Culpados disso tudo são vocês, que com belas palavras me convenceram a aceitar esse jugo, dizendo-me como era importante ter uma atividade. Atividade! Se aquele que planta batatas e vai até a cidade, a cavalo, para vender o seu produto, não trabalha mais do que eu, proponho-me a esfalfar-me por mais dez anos nesta galera à qual agora estou acorrentado.

E esta miséria enorme, o tédio entre essa gente torpe que aqui se reúne! Essa concorrência e o modo como ficam atentos, um procurando obter vantagem sobre o outro; vejo as paixões mais mesquinhas, mais miseráveis, sem nenhum pejo. Assim, por exemplo, há por aqui uma senhora que tanto fala da sua nobreza e das suas terras que pessoas de fora necessariamente haverão de pensar: eis aí uma tola que se vangloria de sua origem nobre e da fama de suas propriedades. A verdade, porém, é outra: a mulher é aqui da vizinhança, filha do tabelião. Vês, não posso compreender a raça humana, tão inconsciente, a ponto de prostituir-se de maneira tão baixa.

É verdade, meu caro amigo, que a cada dia percebo mais nitidamente quão insensato é julgar os outros a partir de nós mesmos. E como estou tão ocupado comigo mesmo, e este meu coração é tão tempestuoso – ah, que os outros sigam o seu caminho, contanto que também me deixem viver a minha vida.

O que mais me irrita são essas nefastas convenções burguesas. Sei, melhor do que ninguém, que a diferença de classes é necessária, e quantas vantagens essa mesma diferença me proporciona;

apenas desejaria que ela não se constituísse num obstáculo no meu caminho, no momento em que ainda poderia usufruir de um pouco de alegria, de uma fagulha de felicidade nesta terra. Outro dia, durante um passeio, conheci uma certa senhorita de B..., uma criatura amável, que conservou uma grande naturalidade em meio à vida cerimoniosa que leva. Simpatizamos um com o outro no correr da nossa conversa, e quando nos despedimos pedi-lhe permissão para visitá-la em sua casa. Ela concordou com tanta afabilidade que mal pude esperar o momento adequado para ir vê-la. Ela não é daqui, e mora na casa de uma tia. A fisionomia da velha senhora não me agradou. Fui muito cortês com ela, minhas palavras dirigiam-se preferencialmente a ela, e em menos de meia hora compreendi o que a sobrinha me confessou logo em seguida: que a sua querida tia, na velhice, carecia de tudo, que não possuía fortuna, nem espírito, nem apoio de qualquer espécie, a não ser o dos seus antepassados, que não dispunha de outra proteção a não ser a da classe social na qual se entrincheirava, e que seu único prazer residia em ficar observando, do alto da sua residência, a movimentação e as atividades da burguesia. Dizem que ela foi bela na juventude e que estragou a sua vida. Primeiro, atormentando vários jovens com os seus caprichos; depois, já mais madura, submetendo-se ao jugo de um velho oficial, que, por esse preço e em troca de uma pensão razoável, se dispôs a viver com ela os anos da idade de bronze, morrendo em seguida. Agora, na idade de ferro, ela está completamente sozinha, e ninguém lhe daria atenção, não fora a sobrinha tão amável.

Segundo livro

8 de janeiro de 1772

Que gente é esta, cuja alma se concentra inteiramente na etiqueta, cujo pensar e agir, ano após ano, busca apenas um lugar mais próximo à cabeceira da mesa! E não fazem isso porque não teriam outras ocupações; pelo contrário, o trabalho vai se acumulando, precisamente porque os pequenos aborrecimentos concernentes às promoções desviam a atenção das coisas importantes. Na semana passada, durante um passeio de trenó, surgiram várias brigas, que estragaram todo o divertimento.

Estes tolos, que não veem que o cargo não tem importância, e que aquele que ocupa o primeiro lugar raramente desempenha o papel principal! Quantos reis não são regidos pelos seus ministros, quantos ministros não são comandados por seus secretários! E quem, então, é o primeiro? Certamente aquele, penso, que, abrangendo tudo com um olhar, possui poder e astúcia suficientes para colocar as forças e paixões dos outros a serviço dos seus desígnios.

20 de janeiro

Preciso escrever-lhe, querida Carlota, aqui, na salinha de um humilde albergue de campo, onde vim me refugiar, fugindo de uma grande tempestade. Enquanto me encontrava na triste aldeia D..., errando por entre pessoas estranhas, estranhas ao meu coração, não tive um momento sequer em que meu coração me tivesse compelido a escrever-lhe. Agora, nesta cabana, nesta solidão e estreiteza, quando a neve e o granizo investem contra a minha janela, meu primeiro pensamento foi para a senhora. No momento em que entrei no aposento, sua imagem, Carlota, a lembrança de sua pessoa surgiu diante de mim tão sagrada, com tão cálida emoção! Oh, bom Deus! É o primeiro momento feliz que volto a ter.

Se a senhora me visse, cara amiga, no torvelinho das distrações! Meus sentidos estão áridos e secos. Não há um momento em que meu coração sinta alguma plenitude, não há uma única hora feliz! Nada! Nada! É como se estivesse diante de uma caixa de surpresas, com homenzinhos e cavalinhos se movimentando à minha frente, e muitas vezes pergunto a mim mesmo se tudo isso não é ilusão de óptica. Entro no jogo, ou melhor, deixo que me manipulem como uma marionete, às vezes toco na mão de madeira do meu vizinho, e recuo assustado. À noite tomo a decisão de assistir ao nascer do sol, mas não consigo deixar o leito a tempo; durante o dia, proponho-me a sentir a alegria de contemplar o luar, mas, afinal, permaneço no meu quarto. Não sei bem por que me levanto de manhã e por que vou deitar à noite.

Falta-me o fermento que agitava, movia a minha vida; desapareceu o encantamento que me mantinha desperto a altas horas da noite, que de manhã me despertava do sono.

Aqui encontrei uma única criatura do sexo feminino, uma senhorita de B..., que se parece com a senhora, querida Carlota, se é que alguém pode assemelhar-se à senhora. "E então!", dirá a senhora, "ele deu de me bajular!" Isso não deixa de ser verdade.

De uns tempos para cá passei a ser muito gentil, porque não sei ser de outra maneira, mostro-me espirituoso, e as senhoras dizem que ninguém sabe fazer elogios tão galantes como eu (e mentir tanto, acrescentará a senhora, pois isso faz parte do jogo, a senhora entende?). Queria falar-lhe da senhorita de B... Ela possui uma bela alma que se reflete em seus olhos azuis. Sua posição social a incomoda, uma vez que esta não satisfaz a nenhum dos desejos do seu coração. Ela gostaria de sair deste tumulto, e durante horas a fio ficamos imaginando juntos cenas campestres, cheias de uma felicidade completa. Ah, e quantas vezes falamos da senhora! Quantas vezes se vê obrigada a render-lhe homenagem, ou melhor, não o faz por obrigação, e sim porque assim o quer, ela o faz espontaneamente, gosta de ouvir-me falar a seu respeito, ela a ama.

Quem me dera estar sentado aos seus pés, no pequeno quartinho tão aconchegante, nossos pequenos queridos rolando em torno de mim. E se sua algazarra se tornasse grande demais eu haveria de acalmá-los e reuni-los ao meu redor, contando-lhes algum conto de fada bem horripilante.

O sol está se pondo radioso, iluminando toda a região coberta de neve, a tempestade passou e preciso voltar para a minha prisão. Adeus! Alberto está ao seu lado? E como? – Que Deus me perdoe essa pergunta!

8 de fevereiro

Faz oito dias que temos um tempo horrível, mas eu me sinto bem. Porque desde que cheguei aqui ainda não tive um dia bonito que alguém não tivesse estragado ou perturbado. Então, quando a chuva cai copiosa, a neve turbilhona, quando o gelo cobre tudo e depois derrete, penso comigo mesmo: ah, aqui dentro não poderá ser pior do que lá fora, ou vice-versa, e assim está tudo bem. Quando, de manhã, o sol desponta, prometendo um belo dia, nunca deixo de exclamar: eis aí um bem divino, pelo qual vão poder brigar. Tudo é motivo para tentarem levar vantagem um sobre o outro. Saúde, um nome digno, alegria, lazer! Quase sempre essas disputas ocorrem por causa de tolices, falta de compreensão e estreiteza de espírito, e, se formos levar em conta o que dizem, tudo acontece com a melhor das intenções. Por vezes gostaria de pedir-lhes, de joelhos, que não dilacerem com tanta fúria as próprias entranhas.

17 de fevereiro

Temo que o embaixador e eu não possamos continuar trabalhando juntos por muito tempo mais. O homem é simplesmente insuportável. Seu modo de trabalhar e de conduzir os negócios é tão ridículo que não posso evitar contradizê-lo e, muitas vezes, resolver as coisas à minha maneira, o que, naturalmente, nunca o deixa satisfeito. Por causa disso, outro dia, ele se queixou à Corte do meu procedimento, e o ministro censurou-me delicadamente, é verdade, mas não deixou de ser uma censura. Eu estava pronto a pedir a minha demissão, quando recebi dele uma carta particular*, uma carta diante da qual caí de joelhos, venerando o seu alto, nobre e sábio espírito. Nela, ele reprova a minha sensibilidade exagerada. Diz, ainda, que as minhas ideias exaltadas com respeito à ação, à influência sobre os outros e à combatividade nos negócios são louváveis, como prova de ímpeto juvenil, e que ele não pretendia destruí-las, apenas moderá-las, conduzindo-as para um caminho onde pudessem desenvolver-se realmente e agir de maneira benéfica. Com isso, sinto-me reconfortado por oito dias e estou em paz comigo mesmo. A paz de espírito e os momentos em que estamos bem conosco mesmos são algo maravilhoso. Querido amigo, quem dera essa preciosidade não fosse tão frágil quanto é bela e valiosa.

20 de fevereiro

Que Deus os abençoe, meus queridos, e lhes conceda todos os dias felizes que me são negados!

Agradeço-te, Alberto, por me haveres enganado: aguardava a comunicação do dia do vosso matrimônio e tinha decidido que, naquele dia, haveria de retirar solenemente a silhueta de Carlota

---

* Em respeito a esse homem de tão grandes qualidades, a carta em apreço, bem como outra, a ser mencionada mais adiante, foi suprimida do presente relato porquanto acreditamos que nem mesmo o mais caloroso agradecimento do público possa justificar tal ousadia.

da parede, para enterrá-la sob outros papéis. Agora, já casados, o retrato continua ali! Que fique então! E por que não? Afinal, eu também estou perto de vós, sei que, sem lesar-te, vivo no coração de Carlota, ocupo ali o segundo lugar, e quero, preciso conservá--lo. Oh, eu ficaria louco se ela pudesse esquecer-me — Alberto, esse pensamento significa o inferno. Adeus, Alberto! Adeus, anjo do céu! Carlota, adeus!

15 de março

Tive um aborrecimento que acabará por afastar-me daqui. Ranjo os dentes de raiva! Maldição! A ofensa é irreparável, e vocês são culpados de tudo, vocês que me aguilhoaram, açularam e atormentaram para que eu fosse ocupar um posto que não me atraía. Aí estão as consequências! E para que não digas que as minhas ideias excêntricas estragam tudo, eis aqui, meu caro senhor, um relato simples e sem rodeios, tal como o escreveria um cronista.

O conde de C... me estima e mostra consideração especial por mim. Todos sabem disso, e eu próprio já te falei a respeito uma centena de vezes. Acontece que ontem fui almoçar na casa dele, justamente no dia em que lá, à noite, se reúnem os senhores e as damas da nobreza. Não tinha pensado nisso e, da mesma forma, jamais me havia ocorrido que nós, os subalternos, estamos excluídos de tais reuniões. Muito bem. Almocei com o conde, e após a refeição ficamos passeando de um lado para o outro no salão, eu conversava com o conde e com o coronel B..., que entrementes também havia chegado, e assim foi se aproximando a hora da reunião. Deus é testemunha de que eu não fazia ideia de nada. Aí chega a excelentíssima senhora de S... com o esposo e a filha, uma boboca de peito chato e cintura fininha, comprimida pelo espartilho. Ao passarem por mim, lançam-me um olhar altivo, de desprezo, e como detesto de coração toda essa gente "fina" da nobreza quis despedir-me, esperando apenas que o conde se livrasse do palavreado estúpido que o cercava. Neste momento surge a minha senhorita de B... Como sempre sinto prazer ao vê-la, detive-me um pouco, postei-me atrás de sua cadeira, e só ao cabo de algum tempo percebi que ela falava comigo de maneira menos espontânea do que habitualmente, mostrando mesmo sinais de algum embaraço. Essa atitude chamou minha atenção. Ela é igual a toda essa gente, pensei. Melindrado, resolvi ir embora. Não o fiz de imediato, porém, porque queria encontrar alguma justificativa para o seu procedimento, acreditar que estava enganado, porque esperava que ela ainda me dirigisse alguma palavra amável, enfim, o que quiseres. Nesse ínterim, foram chegando os demais convidados. O barão F..., ostentando um vestuário do tempo da coroação do imperador Francisco I, o conselheiro da Corte, R..., que, entretanto, na qualidade de membro da alta sociedade, é intitulado senhor de R..., acompanhado de sua esposa surda etc., sem nos esquecermos do J..., com seus trajes dignos de lástima, que costuma compensar as falhas de seu guarda-roupa antiquado com atavios modernosos. Toda essa gente foi chegando em bandos, e eu me ponho a conversar com alguns dos meus conhecidos, mas todos se mostram lacônicos. Não dei atenção a isso, concentrando-me apenas na senhorita de B... Tampouco notei que as senhoras no fundo do salão cochichavam uma no ouvido da outra, que esses cochichos também circulavam entre os cavalheiros, que a senhora de S... falava com o conde (tudo isso me foi contado, posteriormente, pela senhorita de B...), até o momento em que o conde veio em minha direção e, conduzindo-me até a janela, disse: "O senhor conhece as nossas regras. Percebo que meus convidados estão insatisfeitos por vê-lo aqui. Sinto muito que" – "Excelência", interrompi-o, "peço-lhe mil desculpas. Eu devia ter pensado nisso, e sei que Vossa Excelência há de perdoar essa falha. Tive a intenção de despedir-me antes, mas um gênio mau me reteve", acrescentei sorrindo e inclinando-me. O conde apertou minhas mãos com uma emoção que dizia tudo. Retirei-me sorrateiramente daquele ambiente tão distinto, tomei um coche e mandei que me levasse para M..., a fim de assistir ao pôr do sol do alto da colina, lendo no meu Homero o canto maravilhoso no qual Ulisses é servido pelo bondoso guardador de porcos. Até aí, tudo estava bem.

À noite voltei para o jantar; as poucas pessoas que se encontravam na hospedaria jogavam dados no canto de uma mesa da qual tinham afastado uma parte da toalha. Aí aparece o leal Adelino; tirando o chapéu, olha para mim, aproxima-se e pergunta-me em voz baixa: "Tiveste algum aborrecimento?" "Eu?" "O conde expulsou-te da reunião dos nobres." "Que o diabo os carregue", respondi, "dei-me por feliz por poder sair e tomar um pouco de ar." "Ainda bem", retrucou ele, "que não dás muita importância ao que aconteceu. Mas me desgosta que todo mundo já esteja comentando o assunto." Foi somente então que comecei a remoer-me com a história. Cada vez que alguém se sentava a uma mesa e olhava para mim, eu pensava: "É por causa disso!" E minha raiva crescia.

Hoje, minha situação é ainda pior: onde quer que eu apareça, todos têm pena de mim. Ouço dizer que aqueles que me invejavam cantam vitória, dizendo: "É o que acontece com os arrogantes que se gabam de possuir mais inteligência que os outros, acreditando que, por isso, não precisam guardar as conveniências." E outras baboseiras mais. Dá vontade de enfiar um punhal no coração; porque afinal, digam o que quiserem sobre a independência, quero ver aquele que é capaz de suportar os mexericos de canalhas, quando estes se encontram em posição de vantagem. Quando o falatório é apenas fútil e vão, aí é fácil não se incomodar e deixá-los para lá.

16 de março

Tudo concorre para me deixar agitado. Hoje encontrei a senhorita de B... na alameda, e não pude deixar de dirigir-me a ela. Tão logo nos afastamos um pouco das outras pessoas, expus-lhe o quanto ficara melindrado com o seu comportamento de outro dia. "Oh, Werther", respondeu ela com voz doce, "como pôde interpretar a minha perturbação desta maneira, conhecendo o meu coração? Sofri tanto por sua causa, a partir do momento em que entrei no salão! Previ tudo quanto ia acontecer, e por inúmeras vezes estive a ponto de preveni-lo. Eu sabia que as senhoras de S... e de T..., bem como os seus maridos, teriam preferido retirar-se a tolerar sua companhia; eu sabia que o conde não pode afrontá-los, e agora, quanto barulho estão fazendo em torno disso!" "Como assim, senhorita?", perguntei, tentando ocultar-lhe o quanto suas palavras me assustavam; porque de imediato, naquele instante, tudo quanto Adelino me dissera anteontem percorreu minhas veias como água fervente. "O quanto já me custou tudo isso!", continuou a encantadora criatura, com lágrimas nos olhos. Fora de mim, eu estava a ponto de lançar-me aos seus pés. "Diga-me o que aconteceu!", exclamei. As lágrimas corriam por suas faces, eu mal podia conter a minha exaltação. Ela as enxugou, sem tentar ocultá-las. "O senhor conhece minha tia", começou ela, "que estava presente e a tudo assistiu, oh, com que olhos! Werther, ontem à noite tive que ouvir dela uma porção de coisas, e hoje de manhã ela me fez um sermão, censurando-me por causa da minha amizade com o senhor. Fui obrigada a ouvi-la depreciá-lo e humilhá-lo, e eu só podia atrever-me a defendê-lo timidamente."

Cada uma de suas palavras dilacerava meu coração. Ela não percebia quão misericordioso teria sido não me revelar nada disso. Ao contrário, prosseguiu no seu relato, contando-me o que mais diziam a meu respeito, que tipo de pessoas exultava com tudo isso, rejubilando-se com o castigo a mim imposto pela minha petulância e meu desprezo pelos outros, que há muito vinham sendo criticados. Ouvir dela tudo isso, Wilhelm, no tom da mais sincera solidariedade – fiquei arrasado, e ainda agora estou furioso. Queria que alguém ousasse dizer-me tudo isso frente a frente, para que eu o atravessasse com a espada; se eu visse sangue, poderia sentir-me bem melhor. Ah, por vezes incontáveis estendi a mão para um punhal, a fim de livrar da opressão este coração angustiado. Dizem que existe uma espécie garbosa de cavalos que, quando tomada de grande agitação, instintivamente abre uma veia com os dentes, a fim de aliviar a respiração. Sinto-me do mesmo modo muitas vezes: queria abrir uma veia, e assim alcançar a liberdade eterna.

24 de março

Pedi minha demissão à Corte, e a obterei, assim espero. E vocês hão de perdoar-me por não lhes ter pedido permissão para tomar tal atitude. É necessário que eu parta, e sei, de antemão, tudo quanto vocês teriam a me dizer para convencer-me a ficar, portanto – Procura informar a minha mãe da maneira mais cuidadosa possível. Não sei o que fazer comigo mesmo, e ela precisa conformar-se com o fato de que, no momento, também nada posso fazer por ela. Sei que a magoarei. Ver a bela carreira do filho interrompida, quando podia estar se preparando para ser um conselheiro do Estado, ou um embaixador. Em vez disso, ele recua e volta para a obscuridade! Interpretem tudo isso como quiserem, imaginem todas as circunstâncias sob as quais eu poderia ou deveria permanecer no cargo. Não adianta, vou partir, e para que saibam onde me encontrar informo-te que aqui vive o príncipe...***, que aprecia muito a minha companhia. Quando soube da minha decisão, convidou-me para passar a primavera em suas propriedades. Lá estarei inteiramente à vontade, segundo me prometeu, e como nos entendemos bem, à exceção de uma ou outra diferença, tentarei a sorte e partirei com ele.

A título de breve notícia

19 de abril

Agradeço as tuas duas cartas. Não respondi porque preferi aguardar, primeiro, a comunicação da minha dispensa da Corte; temi que minha mãe se dirigisse ao ministro, dificultando a execução dos meus propósitos. Mas agora o fato está consumado, a dispensa me foi concedida. Não vou contar-lhes como este meu pedido de exoneração foi lastimado nem repetir-lhes as palavras que o ministro me escreveu, pois vocês haveriam de irromper em novas lamentações. Como gesto de despedida, o príncipe herdeiro enviou-me vinte e cinco ducados, acompanhados de palavras que me comoveram até às lágrimas. Portanto, não necessito mais do dinheiro que, há poucos dias, pedi à minha mãe.

Segundo livro

5 de maio

Amanhã parto daqui, e como minha aldeia natal fica a apenas seis milhas do caminho, pretendo revê-la, e recordar os dias de outrora, envoltos em sonhos felizes. Desejo entrar pelo mesmo portão pelo qual minha mãe partiu comigo, quando, após a morte do meu pai, deixou aquele lugar amado, familiar, para enclausurar-se na sua cidade insuportável. Adeus, Wilhelm, terás notícias do meu trajeto.

9 de maio

Realizei a romaria ao lugar onde nasci com a devoção de um peregrino, e vários sentimentos inesperados se apoderaram de mim. Perto da grande tília que se encontra a um quarto de hora da cidade próxima a S..., mandei o coche parar. Desci e ordenei ao postilhão que seguisse viagem, pois desejava prosseguir a pé, saboreando intensamente cada recordação como se fosse algo completamente novo, guiado apenas pelo meu coração. Lá estava eu sob a tília, que outrora, quando era um menino, fora a meta e o termo dos meus passeios. Como tudo estava diferente! Naqueles tempos de feliz inocência, eu desejava ardentemente ir ao encontro do mundo desconhecido, onde esperava encontrar tantas alegrias e realizações para o meu coração, onde tinha certeza de poder alcançar os meus objetivos e satisfazer os meus anseios. Agora, retorno desse vasto mundo – oh, meu amigo, com quantas esperanças frustradas, com quantos projetos destruídos! Vi diante de mim as montanhas, que tantas vezes exerceram o seu fascínio sobre mim. Eu ficava sentado horas a fio neste lugar, desejando transportar-me até lá, deixando-me absorver, com a alma enlevada, pelos bosques e vales que se ofereciam tão aprazíveis e penumbrosos aos meus olhos. E quando, então, era hora de voltar para casa, com que pesar deixava aquele lugar querido! Fui seguindo em direção à cidade, saudando todas as casinhas de campo que conhecia tão bem. As construções novas, assim como todas as modificações introduzidas no decorrer do tempo, desagradaram-me profundamente. Transpus o portão da cidade, e logo me senti envolto por uma esfera de familiaridade. Querido amigo, não quero entrar em maiores detalhes, pois, embora encantadores para mim, seriam monótonos se tentasse descrevê-los. Tinha decidido hospedar-me na Praça do Mercado, perto da nossa antiga casa. Ao ir até lá, notei que a sala de aula, onde uma boa velhinha mantinha a nossa infância encurralada, fora transformada numa loja. Lembrei-me da inquietação, das lágrimas, do embotamento de espírito, das angústias por que passei naquele buraco. Cada passo significava uma experiência inusitada. Um peregrino na Terra Santa não depara com tantos lugares imbuídos de reminiscências religiosas, e dificilmente sua alma se encherá de uma emoção sagrada tão intensa. Dar-te-ei mais um exemplo entre mil outros. Desci pela margem do rio, até chegar a uma certa granja; este era um caminho que eu fazia habitualmente, e revi os locais onde nós, meninos, nos exercitávamos, jogando pedrinhas na água, a ver quem conseguia produzir o maior número de ricochetes. Lembrei-me vivamente de como às vezes ficava parado, olhando o correr da água, como acompanhava o seu curso com pressentimentos estranhos, imaginando as regiões maravilhosas para as quais ela se dirigia; em pouco tempo minhas fantasias se esgotavam, e no entanto o pensamento continuava a buscar incessantemente as regiões desconhecidas, até perder-se na contemplação de um espaço longínquo invisível. Vê, querido amigo, tão simples, limitados, mas tão felizes eram os nossos ancestrais! Seus sentimentos, sua poesia eram tão ingênuos! Quando Ulisses fala do mar incomensurável e da terra sem fronteiras, suas palavras são tão verdadeiras, humanas, fervorosas, íntimas e misteriosas. De que me serve poder dizer agora, como qualquer aluno da escola primária, que a Terra é redonda? O ser humano, para ser feliz, necessita de apenas uns poucos palmos de terra; e para descansar precisa de menos ainda.

Agora encontro-me no castelo de caça do príncipe. O convívio com esse senhor vem se revelando bastante agradável, pois ele é um homem simples e sincero. Mas cercam-no pessoas esquisitas, que não consigo compreender. Não parecem ser patifes, mas também não têm a aparência de gente honesta. Às vezes penso que são honrados, e, no entanto, não consigo confiar neles. O que lamento, além disso, é que o príncipe frequentemente fala de coisas das quais apenas ouviu falar, ou que veio a conhecer através de leituras, adotando sempre o ponto de vista de outros, jamais manifestando uma opinião própria.

Compreendi, também, que ele aprecia mais a minha inteligência e os meus talentos do que o meu coração, meu único motivo de orgulho, a única fonte de tudo, de toda a minha força, da minha felicidade e da minha desdita. Ah, o que sei, todos podem saber — meu coração, porém, somente a mim pertence.

25 de maio

Eu tinha um propósito que não quis revelar-lhes, até o momento em que o pudesse executar. Agora, uma vez que meus planos não deram certo, posso contar-lhes: eu queria tornar-me soldado e ir para a guerra. Há muito desejava isso, eis o motivo principal por que acompanhei o príncipe, que é general a serviço de... Durante um passeio expus-lhe minha intenção, mas ele me dissuadiu. E, a não ser que se tratasse de uma paixão, e não de um capricho, não havia como deixar de atender aos seus argumentos e conselhos.

11 de junho

Diz o que quiseres, não posso mais ficar aqui. O que faço aqui? Estou entediado. O príncipe trata-me com toda deferência possível, mas sinto, ainda assim, que este não é o meu lugar. No fundo, nada temos em comum. Ele é um homem inteligente, mas de uma inteligência muito mediana; o convívio com ele não me distrai mais do que a leitura de um livro bem escrito. Ainda permanecerei aqui por oito dias, depois voltarei a errar pelo mundo. A melhor coisa que fiz durante esta estada foi desenhar.

O príncipe é sensível à arte, mas sua receptividade seria ainda maior se o detestável espírito científico e a terminologia convencional não o limitassem tanto. Há dias em que ranjo os dentes, quando, tomado de entusiasmo e dando asas à imaginação, procuro aproximá-lo da natureza e da arte, e ele – julgando-se particularmente arguto – estraga tudo, recorrendo a algum termo técnico batido.

16 de junho

Sim, sou apenas um viandante, um peregrino sobre a terra! E vocês são algo mais do que isso?

18 de junho

Para onde quero ir? Confidencialmente vou dizer-te. Ainda preciso ficar aqui por umas duas semanas; em seguida, eis do que me convenci, desejo visitar as minas de... Mas, no fundo, não é nada disso. Apenas quero estar novamente mais perto de Carlota, isso é tudo. Rio-me do meu coração – e faço o que ele manda.

29 de julho

Não, tudo está bem, tudo está bem! Eu – marido dela! Oh Deus, que me fizestes, se me tivésseis concedido tal bem-aventurança, toda a minha vida seria uma única prece. Não quero revoltar-me, perdoai essas lágrimas, perdoai esses desejos vãos! Ela como minha esposa! Se pudesse estreitar nos braços essa criatura, a mais adorável que existe na face da terra! Wilhelm, um arrepio percorre o meu corpo inteiro, quando Alberto envolve a sua cintura delicada com os braços.

E, será que posso dizê-lo? Por que não, Wilhelm? Ela teria sido mais feliz comigo do que com ele! Ele não é o homem capaz de satisfazer todos os desejos daquele coração. Uma certa falta de sensibilidade, uma falta — interpreta minhas palavras como quiseres. Seu coração não bate com um sentimento caloroso, em uníssono, à leitura de certas passagens de algum livro particularmente estimado, quando, no entanto, o meu coração e o de Carlota se encontram e se confundem no mesmo ritmo entusiástico; em centenas de outras ocasiões manifesta-se essa falta, assim, por exemplo, quando acontece de expressarmos os nossos sentimentos a respeito das ações de uma terceira pessoa. Querido Wilhelm! É verdade que ele a ama profundamente, e um amor desses tudo merece!

Fui interrompido por uma criatura insuportável. Minhas lágrimas secaram. Minha atenção está distraída. Adeus, querido amigo.

4 de agosto

Não sou o único a passar por experiências dolorosas. Todos os seres humanos sofrem desilusões e veem-se frustrados em suas esperanças. Fui visitar a simpática mulher que conheci debaixo da tília. O filho mais velho correu ao meu encontro, seus gritos de alegria atraíram a mãe, que me pareceu muito abatida. Suas primeiras palavras foram: "Ah, meu caro senhor, o meu pequeno João morreu!" Era o menor dos seus filhos. Permaneci calado, e ela continuou: "E meu marido voltou da Suíça sem nada ter conseguido. Se não fossem algumas pessoas de bom coração, ele teria sido obrigado a pedir esmolas, pois, além de tudo, pegou a febre durante a viagem." Nada pude dizer-lhe. Dei uma moeda ao menino, e ela pediu-me que aceitasse algumas maçãs. Despedi-me em seguida, partindo daquele lugar de tristes recordações.

21 de agosto

De uma hora para outra meu estado de espírito se altera. Há momentos em que, timidamente, a alegria de viver quer voltar a manifestar-se, mas, ai, esses instantes duram pouco! Quando me perco em devaneios, não consigo evitar este pensamento: "E se Alberto morresse? Haverias de... Sim, ela iria..." – ponho-me, então, ao encalço dessa quimera, até que ela me conduza à beira de abismos diante dos quais recuo apavorado.

Quando saio do lugarejo, seguindo o caminho que fiz pela primeira vez no dia em que fui buscar Carlota para o baile, tenho a dolorosa consciência de como tudo mudou! Tudo, tudo é passado! Nenhum sinal daquele mundo de outrora, nenhuma batida de coração que me faça reviver os sentimentos daqueles dias. Sinto o que sentiria um fantasma que retornasse ao seu palácio destruído pelas chamas, esse palácio que ele, um dia, enquanto soberano próspero e ditoso, construiu com suas mãos e guarneceu de todos os tesouros imagináveis, e que, ao morrer, legou esperançoso ao filho amado.

3 de setembro

Às vezes não compreendo como outro possa amá-la, tenha o direito de amá-la, quando eu, somente eu a amo, com tanta ternura, tão profundamente, não pensando em outra coisa, querendo apenas esse amor, e não possuindo nada além dela.

4 de setembro

Sim, não há dúvida. Assim como a natureza se inclina para o outono, também o outono vai me envolvendo e tomando conta do meu ser. Minhas folhas vão amarelecendo, as folhas das árvores vizinhas já caíram. Não te escrevi um dia, logo que cheguei aqui, a respeito de um jovem camponês? Recentemente perguntei por ele em Wahlheim; soube que foi despedido, e ninguém pôde informar-me do seu paradeiro. Ontem, a caminho de uma outra aldeia, encontrei-o por acaso. Dirigi-lhe a palavra, e ele contou-me a sua história, que me comoveu profundamente, como logo compreenderás, se eu te contar o que lhe aconteceu. Mas para que tudo isso? Por que não guardo para mim o que me amedronta e magoa? Por que devo afligir-te? Por que sempre te dou oportunidade de lastimar meus infortúnios e de me repreender? Que seja, talvez também isso faça parte do meu destino.

A princípio, respondeu às minhas perguntas com uma tristeza velada, na qual julguei perceber um pouco de timidez. Mas, em seguida, com maior franqueza, como se subitamente reconhecesse a si próprio e a mim, confessou-me os seus erros e narrou-me a sua desdita. Meu amigo, quisera poder reproduzir-te cada uma de suas palavras. Contou-me, com uma espécie de prazer, e como se a recordação lhe proporcionasse felicidade, que a paixão por sua patroa havia aumentado dia a dia, que, por fim, não sabia mais o que fazer nem, segundo suas próprias palavras, onde tinha a cabeça. Não podia mais comer, nem beber, nem dormir, tudo se lhe entalava na garganta, nada mais ele fazia direito; esquecia as ordens que lhe eram dadas, como se um mau espírito o perseguisse. Certo dia, sabendo que ela se encontrava num dos quartos do andar de cima, seguiu-a, ou melhor, foi irresistivelmente compelido a procurá-la. Como ela não acedesse aos seus pedidos, tentou possuí-la à força. Ele afirma que não sabe como isso pôde acontecer, e invoca Deus como testemunha de que suas intenções para com ela sempre foram honestas; que seu maior desejo era desposá-la e viver ao seu lado o resto da vida. Depois de falar por algum tempo, começou a hesitar, como alguém que ainda deseja dizer alguma coisa mas não se atreve. Finalmente confessou-me, com a mesma timidez, as pequenas intimidades que ela lhe permitira, e a familiaridade com que o tratara. Por duas ou três vezes se interrompeu, assegurando-me enfaticamente que não dizia isso para "desacreditá-la", como se expressou; repetiu que a amava e considerava como antes, que nunca contara nada disso a outra pessoa, e que apenas me relatava tudo isso para convencer-me de que não era um homem pervertido e insensato. E aqui, meu amigo, retomo o refrão que sempre repetirei: quem me dera poder descrever-te aquele homem, tal como se encontrava à minha frente, e ainda se encontra na minha memória! Pudesse eu reproduzir tudo quanto me disse, de modo a fazer-te sentir que participo, sou forçado a participar do seu destino! Enfim, como conheces meu destino e a mim próprio, sabes muito bem o que me atrai para todos os infelizes, e para este infeliz em particular.

Ao reler esta página, vejo que me esqueci de contar o final da história, que, porém, é fácil de imaginar. Ela o repeliu, o irmão veio acudi-la. Há muito ele odiava o rapaz e desejava vê-lo longe da casa, pois temia que um novo casamento da irmã pudesse privar os seus filhos da herança que lhes parecia segura, porquanto ela não tem filhos. Imediatamente ele expulsou o jovem, e fez tal alarde em torno da história que a mulher, mesmo se quisesse, não poderia mais mantê-lo no serviço. Agora ela tem um novo empregado, mas também ele, segundo contam, foi motivo de brigas entre os irmãos. Todos afirmam como certo que a mulher se casará com o moço, mas o meu jovem camponês assegurou-me estar firmemente decidido a não permitir que isso aconteça.

No que acabo de te relatar, nada foi exagerado ou atenuado; pelo contrário, penso que minha narrativa foi pouco convincente e tosca, na medida em que recorri às nossas expressões tradicionais e corriqueiras.

Portanto, esse amor, essa fidelidade, essa paixão não são uma invenção poética. Esses sentimentos vivem e existem na forma mais pura entre os homens da classe que denominamos de inculta e rude. Nós, os cultos – deformados e transformados em nada! Peço-te, lê essa história devotamente, e medita. Hoje, após tê-la escrito, meu espírito está recolhido e quieto; podes percebê-lo pela minha letra, que não está tão desordenada e rabiscada como habitualmente. Lê, meu querido Wilhelm, e lembra que esta é, também, a história do teu amigo. Sim, o mesmo aconteceu comigo, o mesmo me acontecerá, e nem de longe sou tão honesto e decidido como esse pobre infeliz, com o qual mal me atrevo a comparar-me.

5 de setembro

Ela havia escrito um bilhete ao marido que se encontrava no campo, tratando de negócios. Começava assim: "Meu querido, meu amado, retorna assim que for possível, espero-te ansiosa." Um amigo, fazendo uma visita, trouxe a notícia de que ele, devido a determinadas circunstâncias, não poderia voltar logo. O bilhete ficou esquecido, e à noite caiu nas minhas mãos. Li as palavras e sorri. Ela perguntou-me por que motivo estava sorrindo, e eu exclamei: "Que dádiva divina é a imaginação! Por alguns instantes pude entregar-me à ilusão de que esse bilhete estava endereçado a mim." Ela interrompeu a conversa, minhas palavras pareciam contrariá-la, e me calei.

6 de setembro

Foi-me difícil pôr de lado o fraque azul que usei quando dancei com Carlota pela primeira vez, mas ele estava por demais puído. Entretanto, mandei fazer um outro exatamente igual ao anterior, a mesma gola e aplicação, e novamente o colete e as calças amarelas.

Ainda não me adaptei muito bem a ele. Não sei – penso que com o correr do tempo ele me será tão caro quanto o outro.

12 de setembro

Ela tinha viajado por alguns dias, para ir buscar Alberto. Hoje, entrei na sala, ela veio ao meu encontro, e beijei a sua mão, embevecido.

Um canário alçou voo de um espelho e veio pousar no seu ombro. "Um novo amigo", disse-me ela, atraindo-o para a palma da mão. "Ele pertence aos meus pequenos. Veja como é meigo! Quando lhe dou migalhas de pão, ele bate as asas e as come com tanta delicadeza. E ele também me beija, veja!"

Quando ela lhe ofereceu a boca, a avezinha aninhou-se tão graciosamente naqueles lábios doces, como se pudesse sentir toda a felicidade de que usufruía naquele momento.

"Quero que ele o beije também", disse ela, estendendo-me o pássaro. O pequeno bico percorreu o caminho dos seus para os meus lábios, e a leve bicada foi como um sopro, o presságio de um deleite amoroso.

"O seu beijo", disse eu, "é exigente e não está isento de cobiça; ele está procurando alimento, e esta carícia sem proveito o desaponta."

"Ele come na minha boca", disse ela. Em seguida, ofereceu-lhe algumas migalhas com os lábios, desabrochados em enlevado sorriso, no qual se abrigavam todas as alegrias de um amor inocente.

Virei o rosto. Ela não devia fazer isso, não devia excitar a minha imaginação com tais evocações de celestial inocência e felicidade, despertando o meu coração daquele torpor no qual às vezes a insignificância da vida o embala! – E por que não? – Ela confia tanto em mim! Ela sabe o quanto a amo!

15 de setembro

É exasperante, Wilhelm, ver como há pessoas desprovidas de toda e qualquer sensibilidade pelas poucas coisas que ainda têm algum valor sobre a terra. Conheces as nogueiras sob as quais me sentei com Carlota, na casa do honrado pastor de St..., aquelas nogueiras imponentes, que sempre me encheram a alma de profunda alegria. Sua presença significava aconchego e frescor. Como era exuberante a sua ramagem! Sem falarmos de sua história, que remonta aos veneráveis religiosos que as plantaram tantos anos atrás. O mestre-escola muitas vezes mencionou o nome de um deles, a quem o avô se referia frequentemente. Segundo suas palavras, era um homem bom e honrado, e sempre reverenciei sua memória sob aquelas árvores. Ontem, o mestre-escola tinha os olhos marejados de lágrimas ao conversar comigo sobre o que aconteceu: as nogueiras foram abatidas — abatidas! Estou fora de mim de indignação, e poderia matar o canalha que desferiu o primeiro golpe. Eu, se tivesse no meu pátio algumas árvores como aquelas, e uma delas morresse de velhice, sucumbiria à tristeza — e agora sou obrigado a assistir a tudo, sem nada poder fazer. Querido amigo, há, porém, um detalhe: o que não é o sentimento humano! A aldeia inteira protesta, e eu espero que a esposa do pastor perceba, pela diminuição nas contribuições de manteiga, ovos e outros gêneros, o quanto feriu os sentimentos da sua paróquia. Porque foi ela a responsável pela destruição das árvores, a esposa do novo pastor (o nosso antigo morreu), uma criatura esquálida e doentia, que tem bons motivos para não simpatizar com o mundo, porquanto ninguém simpatiza com ela. É uma tresloucada, com ares de intelectual, que se mete a estudar os cânones, trabalha na reforma crítico-moral do cristianismo, de acordo com a moda atual, e só nutre desprezo pelos arroubos de Lavater. Com a saúde gravemente abalada, ela não encontra nenhum prazer nessa terra de Deus. Somente uma criatura dessas seria capaz de derrubar as minhas nogueiras! Vês, não consigo me acalmar! Imagina só o que ela alegou: as folhas mortas sujam e emboloram o seu pátio, as árvores tornam o lugar escuro, e quando as nozes estão maduras os garotos ficam atirando pedras para fazê-las cair — tudo isso ataca os seus nervos e perturba suas profundas reflexões, quando ela se propõe a cotejar Kennikot, Semler e Michaelis. Vendo os aldeões tão revoltados, especialmente os mais velhos, perguntei-lhes: "Por que vocês permitiram que isso acontecesse?" Ao que me responderam: "Aqui, quando o prefeito dá uma ordem, o que podemos fazer?" Mas num ponto houve justiça. O prefeito e o pastor, que pretendia tirar algum proveito da excentricidade inútil da sua mulher, tinham em mente dividir entre si os lucros. Mas aí a Câmara soube do assunto e interpôs o seu veto: "Nada disso!" Como ela ainda possuía antigos direitos sobre a parte do pátio onde se encontravam as árvores, vendeu-as a quem lhe apresentou a melhor proposta. Elas tombaram! Ah, se eu fosse príncipe! A mulher do pastor, o prefeito, a Câmara seriam... — Príncipe! Sim, se eu fosse príncipe, que me importariam as árvores do meu Estado?

10 de outubro

Basta-me contemplar os seus olhos negros para que me sinta bem! Vê, o que me aborrece é que Alberto não parece ser tão feliz quanto... esperava... quanto eu... acredito que estaria... se... Não gosto de usar reticências, mas nesse momento não sei expressar-me de outra forma, e creio que fui bastante claro.

12 de outubro

Ossian tomou o lugar de Homero no meu coração. Que mundo esse para onde me conduz o poeta magnífico! Caminhar pela charneca, fustigado pelo vento tempestuoso que, em meio à neblina esfumaçada, à luz esmaecida da lua, conduz os espíritos dos ancestrais. Ouvir das montanhas, de permeio com o rugido das águas que cortam a floresta, os gemidos longínquos, meio sumidos, dos espíritos em suas cavernas, ouvir os soluços da jovem dilacerada pela dor sobre as quatro pedras musgosas, cobertas de relva, que resguardam o túmulo do bem-amado, morto como herói. E, depois, encontrar o bardo peregrino, de cabeça grisalha, que percorre a vasta charneca em busca dos seus ancestrais e, ai dele, depara apenas com os seus túmulos. Ver como ele, então, transido de dor, ergue o olhar para a consoladora estrela vespertina que se oculta no mar turbulento, e sua alma heroica recorda os tempos em que os raios benfazejos do astro ainda iluminavam o trajeto perigoso daqueles homens valorosos, e a lua esparramava sua luz sobre o navio que retornava vitorioso e engalanado. Leio em sua fronte a tristeza profunda. Vejo este homem nobre, o derradeiro sobrevivente de sua estirpe, caminhar, exausto e vacilante, para a tumba, experimentando a cada momento novas alegrias, dolorosas e ardentes, na presença inerme das sombras dos seus mortos. Vejo-o volver os olhos para a terra fria, para a relva alta, batida pelo vento, e exclamar: "O viandante virá, virá aquele que me conheceu na juventude, e perguntará: 'Onde está o bardo, o notável filho de Fingal?' Seus passos passarão por cima da minha sepultura, e em vão ele há de procurar-me sobre a terra." Ah, meu amigo, eu queria, como um nobre guerreiro, puxar a espada e, com um só golpe, libertar o meu príncipe do tormento algoz de uma vida que se esvaece lentamente. Depois, haveria de querer que minha alma acompanhasse esse semideus libertado.

19 de outubro

Ah, esse vazio! Esse vazio terrível que sinto em meu peito! Quantas vezes penso: "Se pudesses uma vez, uma vez apenas, apertá-la contra esse coração, o vazio todo seria preenchido."

26 de outubro

Sim, meu querido amigo, estou cada vez mais certo de que a existência de uma criatura importa pouco, muito pouco. Uma amiga veio visitar Carlota, e eu me retirei para a sala vizinha, a fim de buscar um livro; não consegui ler uma página sequer, ao que peguei da pena, a fim de escrever um pouco. Ouvi-as conversando em voz baixa, contando coisas insignificantes, as últimas novidades da cidade: que fulana vai casar-se, que sicrana está doente, muito doente. "Ela está com uma tosse seca, não passa de pele e ossos, e sofre de constantes desmaios. Não dou um vintém pela sua vida", disse a amiga. "O senhor N. N. também está passando muito mal", retrucou Carlota. "Ele já está inchado", aparteou a outra. E minha imaginação fértil fez com que me transportasse para a cabeceira desses pobres infelizes; visualizei-os, e vi com que tristeza deixavam essa vida, como eles... E, Wilhelm, as duas moças falavam deles como se costuma falar — da morte de um estranho. Olhando em torno, vejo por toda parte os vestidos de Carlota, os papéis de Alberto, e esses móveis que se tornaram tão caros para mim, inclusive este tinteiro, e fico pensando: "Pensa bem o que representas dentro desta casa. De um modo geral. Teus amigos te estimam, muitas vezes és, para eles, motivo de alegria e prazer, e ao teu coração parece que não poderias viver sem eles; no entanto, se partisses, se fosses arrancado desse círculo, por quanto tempo sentiriam o vazio que tua perda haveria de provocar nas suas vidas? Por quanto tempo? Ah! O ser humano é tão efêmero que até mesmo onde está verdadeiramente seguro de sua existência, onde sua presença produz uma impressão genuína, ou seja, na lembrança, na alma das pessoas que ama, mesmo aí ele se apaga, desaparece, e isso num espaço de tempo tão curto!

27 de outubro

Muitas vezes gostaria de rasgar o peito e rebentar o crânio, quando penso quão pouco significamos uns para os outros. Ah, ninguém me poderá dar o amor, a alegria, o calor e o prazer, se tudo isso não estiver dentro de mim mesmo, e com um coração repleto de felicidade não poderei fazer feliz a outrem, se ele permanecer frio e sem forças diante de mim.

27 de outubro, à noite

Sou tão afortunado, e o sentimento por ela absorve tudo; sou tão afortunado, e sem ela tudo se transforma em nada.

30 de outubro

Por vezes incontáveis estive a ponto de atirar-me ao seu pescoço! O bom Deus sabe como é penoso ver diante de si tanta doçura, e não se ter o direito de estender a mão e apossar-se do objeto da nossa cobiça. E querer apoderar-se das coisas é um instinto natural dos homens. As crianças não procuram pegar em tudo que lhes agrada? E eu?

3 de novembro

Deus sabe quantas vezes me deito à noite com o desejo, com a esperança de nunca mais despertar; e, de manhã, abro os olhos, vejo o sol novamente, e sinto-me infeliz. Quem me dera ser um homem de humor volúvel, que pudesse pôr a culpa no tempo, numa terceira pessoa, num empreendimento malsucedido – assim, ao menos, o insuportável fardo de contrariedade e irritação não pesaria tanto. Mas, ai de mim, sinto perfeitamente que a culpa é minha apenas – não, culpa não, mas sei que é em mim, no meu íntimo, que está a fonte de toda a minha desdita, assim como outrora lá se encontrava a fonte da minha felicidade. Então não sou mais o mesmo homem que, outrora, pairava na plenitude dos sentimentos, que a cada passo encontrava um paraíso, que possuía um coração capaz de abraçar amorosamente um mundo inteiro? Mas este coração agora está morto, dele não brotam mais os arrebatamentos de outros tempos, meus olhos estão secos, e meus sentidos, já não mais banhados e avigorados pelas lágrimas, enrugam temerosos minha fronte. Sofro muito, pois perdi a única coisa que dava encanto à minha vida: a força sagrada, vitalizadora, com a qual eu criava mundos em torno de mim. Essa força já não existe mais! Quando contemplo pela janela o sol matutino sobre a colina distante, rasgando as névoas que a envolvem, iluminando a pradaria silenciosa, quando vejo o riacho manso serpenteando até mim por entre os salgueiros desfolhados – nessas horas, essa natureza maravilhosa me parece fria e sem vida, como um quadro envernizado. Sua magia é incapaz de transmitir do coração ao cérebro a menor emoção, e todo meu ser encontra-se perante Deus como uma fonte exaurida, como um vaso vazio. Muitas vezes lancei-me de joelhos, pedindo a Deus algumas lágrimas, como um lavrador implora a chuva, quando sobre a sua cabeça o céu é plúmbeo, e ao seu redor a terra está ressequida.

Mas, ai de mim, não são as nossas preces impetuosas que fazem Deus conceder a chuva e o sol. E aqueles tempos, cuja lembrança me tortura, só eram tão felizes porque eu aguardava pacientemente o seu espírito, e recebia com o coração transbordante de gratidão todas as dádivas que ele derramava sobre mim.

8 de novembro

Ela censurou meus excessos! Ah, com tanta doçura! Meus excessos, que consistiram em tomar, copo após copo, uma garrafa inteira de vinho. "Não faça isso", disse ela, "pense em Carlota!" "Pensar!", exclamei; "não é preciso que me peça isso. Eu penso! Não, não penso! Sempre a vejo diante da minha alma. Hoje, estive sentado no mesmo lugar onde, outro dia, a vi descer da carruagem..." Ela mudou de conversa, para que eu não me aprofundasse muito no assunto. Querido amigo, estou perdido! Ela pode fazer comigo o que quer.

15 de novembro

Agradeço-te, Wilhelm, por tua simpatia tão sincera, e por teus bons conselhos. Mas peço que te tranquilizes. Deixa-me sofrer até o fim. Apesar de toda a minha fadiga, ainda tenho forças suficientes para prosseguir. Venero a religião, como sabes, e sinto que constitui um apoio para muitas almas cansadas, e que dá novas forças a muitas almas sequiosas. Contudo, será que ela pode e deve ser isso para todos? Se olhares para o mundo, verás que para milhares de homens ela não o tem sido, verás milhares para os quais nunca o será, quer seja pregada ou não. Por que, então, deverá ser um esteio para mim? Não disse o próprio Filho de Deus que com ele estariam aqueles que lhe foram dados pelo Pai? E se eu não lhe tiver sido dado? E se o Pai quiser conservar-me para Si, como me diz o coração? Peço-te, não me interprete mal, tampouco vê nessas palavras inocentes alguma zombaria. Estou expondo a ti toda a minha alma, caso contrário teria preferido calar-me, pois não gosto de ficar falando inutilmente sobre assuntos que outras pessoas ignoram tanto quanto eu. O destino do ser humano é esse mesmo: carregar sua cruz até o fim, sorver o cálice até a última gota. E se esse cálice foi demasiado amargo para os lábios humanos do Deus celestial, por que eu haveria de vangloriar-me e fingir que seu sabor é doce? E por que deveria envergonhar-me naquele momento terrível em que todo o meu ser estremece entre a vida e a morte, quando o passado, como um raio, ilumina os abismos sombrios do futuro, tudo ao meu redor soçobra, e o mundo inteiro se extingue junto comigo? Não é então chegada a hora em que a criatura dilacerada, desamparada, em queda vertiginosa, ergue a voz das profundezas de suas forças que, em vão, procuram reerguer-se, bradando: "Meu Deus, meu Deus! Por que me abandonastes?" E deveria eu envergonhar-me destas palavras, devia eu temer aquele momento do qual nem mesmo pôde esquivar-se Aquele que é onipotente?

Segundo livro

21 de novembro

Ela não vê, não sente que está preparando um veneno que haverá de nos destruir a ambos. E com volúpia sorvo o cálice que ela me oferece para perder-me. Por que o olhar bondoso que me lança tantas vezes – tantas vezes?, não, mas algumas vezes; por que a amabilidade com que acolhe as expressões involuntárias do meu sentimento, por que a compaixão que demonstra ao ver o meu sofrimento?

Ontem, ao nos despedirmos, ela estendeu-me a mão e disse: "Adeus, querido Werther!" Querido Werther! Esta foi a primeira vez que ela me chamou de "querido", e senti-me estremecer. Repeti as palavras centenas de vezes, e ontem à noite, ao deitar-me, falando com os meus botões mil coisas, disse de repente: "Boa noite, querido Werther!" Depois, tive de rir de mim mesmo.

22 de novembro

Não posso rezar: "Permiti que ela seja minha!" No entanto, muitas vezes, é como se ela me pertencesse. Não posso rezar: "Dai-a a mim!", porque ela é de outro. Sofismo a minha própria dor, e se não procurasse me controlar eu produziria toda uma ladainha de antíteses.

24 de novembro

Ela está sentindo o quanto sofro. Hoje, o seu olhar penetrou até o fundo do meu coração. Encontrei-a sozinha. Eu nada disse, e ela olhou-me. E então não vi mais a sua beleza delicada, o brilho de sua incomparável inteligência: tudo isso tinha desaparecido aos meus olhos. O que me envolvia era um olhar muito mais belo, expressando a mais profunda simpatia, a mais doce compaixão. Por que não me era permitido lançar-me aos seus pés? Por que não tinha o direito de abraçá-la e responder-lhe com mil beijos? Ela refugiou-se para junto do piano e acompanhou as notas, emitindo sons harmoniosos com uma voz infinitamente suave e doce. Nunca seus lábios me pareceram mais encantadores; era como se se entreabrissem sequiosos, para sorver os doces sons que emanavam do instrumento, e aquela boca pura fosse apenas um furtivo eco. Quisera poder transmitir-te tudo isso! Não resisti mais, inclinei-me e jurei: "Nunca ousarei beijar-vos, oh, lábios em torno dos quais pairam os espíritos do céu." E, no entanto... eu quero... Ah, vês, essa ideia se ergue como uma parede divisória diante da minha alma – essa felicidade –, e, depois, morrer expiando esse pecado – pecado?

26 de novembro

Às vezes digo a mim mesmo: teu destino é único. Considera os outros felizes, pois nunca ninguém foi torturado como tu.

Depois, leio algum poeta dos tempos antigos, e é como se eu estivesse olhando dentro do meu próprio coração. Sofro tanto! Ah! Será que, antes de mim, terá havido algum homem tão infeliz quanto eu?

30 de novembro

Estou fadado a não encontrar a paz! Aonde quer que vá, deparo com algo que me deixa transtornado. Hoje! Oh, destino! Oh, humanidade!

Sem vontade de comer, fui dar uma caminhada pela margem do riacho, por volta do meio-dia. Tudo estava deserto, um vento úmido e frio soprava da montanha, e as nuvens cinzentas, carregadas de chuva, avançavam pelo vale adentro. Ao longe, vi um homem com um paletó verde puído, que andava por entre os rochedos, e parecia estar procurando ervas medicinais. Quando me aproximei, ele voltou-se ao ouvir os meus passos, e vi uma fisionomia interessante, cujo traço mais marcante era uma tristeza contida, mas que, de resto, deixava transparecer um caráter bom e honesto. Seus cabelos pretos formavam dois rolos presos por grampos, e o restante caía sobre as suas costas, formando uma espessa trança. Como suas roupas pareciam indicar um homem de condição modesta, julguei que ele não se ofenderia se eu mostrasse interesse pela sua ocupação, e por isso perguntei-lhe o que procurava. Com um profundo suspiro, ele respondeu: "Procuro flores – e não encontro nenhuma." "A estação não é apropriada", retruquei-lhe sorrindo. "Há tantas flores", disse ele, descendo ao meu encontro. "No meu jardim tenho rosas e duas espécies de madressilvas, uma delas me foi dada pelo meu pai, e elas crescem como erva daninha. Faz dois dias que procuro por elas e não consigo encontrá-las. Lá fora também sempre há flores, amarelas, azuis e vermelhas, e as gencianas têm florezinhas tão bonitas. Não consigo encontrar nenhuma." Percebi que havia algo de estranho nesse homem, e perguntei disfarçando: "O que é que o senhor quer fazer com essas flores?" Um sorriso enigmático, convulsivo, mudou-lhe a fisionomia. Colocando um dedo sobre os lábios, respondeu-me: "Se o senhor não me trair, eu lhe conto: prometi um ramalhete à minha namorada." "Isso é ótimo", disse eu. "Oh, ela tem muitas outras coisas, é rica." "E, no entanto, vai apreciar o seu ramalhete", repliquei. "Oh", prosseguiu ele, "ela possui joias e uma coroa." "Como se chama ela?" "Se os Estados Gerais quisessem pagar-me", continuou, "eu seria um outro homem! Sim, houve um tempo em que eu estava muito bem. Agora estou acabado. Agora sou…" Um olhar úmido, lançado para o céu, expressou tudo. "Então o senhor foi feliz?", perguntei-lhe. "Ah, quem me dera ser feliz outra vez! Eu me sentia tão bem, tão alegre, tão leve como um peixe dentro d'água!" "Henrique!", chamou uma velha mulher, descendo pelo caminho. "Henrique, onde estás? Já te procuramos por toda parte, vem almoçar." "É seu filho?", perguntei, aproximando-me dela. "Sim, é meu pobre filho; Deus deu-me uma cruz bem pesada." "Há quanto tempo ele está nesse estado?" "Tranquilo assim, faz apenas seis meses. Graças a Deus ele melhorou, antes esteve demente durante um ano inteiro, precisou ficar acorrentado num manicômio. Agora, é inofensivo, apenas vive se ocupando de reis e imperadores. Ele era um homem bom e calmo que me ajudava nas despesas, e possuía uma bela caligrafia. De repente, tornou-se depressivo, foi acometido de uma febre aguda, passou a ter ataques de fúria, e agora é o que o senhor está vendo. Se eu lhe contasse, senhor..." Interrompi aquela enxurrada de palavras com a pergunta: "Que tempo foi esse em que ele afirma ter sido feliz e vivido tão bem?" "Coitado!", exclamou ela com um sorriso compassivo, "ele se refere ao tempo em que esteve fora de si, é seu hábito exaltar aquela época; foi quando ele ficou no hospício, sem saber que tinha perdido a razão." Suas palavras me atingiram como um raio, dei-lhe uma moeda e afastei-me apressadamente.

"A época em que eras feliz", disse em voz alta para mim mesmo, caminhando rapidamente para a cidade, "a época em que vivias contente como um peixe dentro d'água!" Deus do céu, será esse o destino que traçastes para o ser humano, fazendo com que somente seja feliz antes de adquirir a razão, e depois de perdê-la novamente? Infeliz! Como invejo a melancolia e a confusão mental em que estás mergulhado! Deixas tua casa cheio de esperança, a fim de colher flores para a tua rainha – em pleno inverno – e ficas triste por não as encontrar, sem compreender por que não podes encontrá-las. E eu – eu saio sem esperança, sem objetivo, e volto para casa do mesmo modo como saí. Ficas cismando que homem serias, se os Estados Gerais te pagassem. Feliz criatura, que pode atribuir a ausência da felicidade a um obstáculo terreno! Não sentes, não sentes que tua desdita reside no teu coração destruído, no teu cérebro transtornado, e que nenhum rei da terra poderá ajudar-te.

Morra desconsolado e aflito aquele que zomba de um doente pelo fato de este se encaminhar até a fonte mais longínqua, onde sua enfermidade se agravará e sua morte será mais dolorosa! Aquele que olha com desprezo para o homem de coração oprimido quando este, para libertar-se de seus remorsos e desvencilhar-se dos sofrimentos de sua alma, empreende uma peregrinação até o Santo Sepulcro! Cada passo que no caminho áspero lhe fere os pés é uma gota de bálsamo para a sua alma angustiada; e, após cada dia da jornada sofrida, seu coração dorme mais aliviado. E vós, pedantes, comodamente instalados nas almofadas, tereis o direito de chamar a isso de loucura? – Loucura! Oh, Deus, vedes minhas lágrimas! Vós, que já fizestes o ser humano tão pobre, por que precisastes dar-lhe irmãos que ainda lhe roubam o resto de pobreza, o resto de fé que ele tem em Vós, em Vós, oh, Deus Amantíssimo? Porque a fé em uma raiz medicinal, no sumo da videira, o que é senão a fé em Vós, a confiança que em tudo quanto nos cerca depositastes a força lenitiva de que necessitamos a todo momento? Pai, a quem não conheço! Pai, que outrora preenchíeis toda a minha alma, e agora Vos afastais de mim, chamai-me para junto de Vós! Não mais Vos caleis! Vosso silêncio não poderá deter esta alma sedenta. Um homem, um pai, poderia zangar-se com o filho que retornasse inesperadamente e, abraçando-o, exclamasse: "Retornei, meu pai! Não te zangues por eu interromper uma viagem que, por tua vontade, devia demorar mais algum tempo. O mundo é o mesmo em toda parte, sofrimento e trabalho, depois recompensa e alegria. Mas de que me serve tudo isso? Só me sinto bem quando estou perto de Ti, e é na Tua presença que desejo sofrer e sentir prazer."

E Vós, amado Pai celestial, haveríeis de rejeitar esse filho?

1.º de dezembro

Wilhelm, o homem sobre quem te escrevi, esse infeliz venturoso, era escrevente do pai de Carlota, e o que o enlouqueceu foi uma paixão por ela, a qual alimentou, ocultou e depois revelou, dando motivo para que o despedissem. Estas poucas palavras poderão dar-te uma ideia da violenta emoção que essa história provocou em mim, quando Alberto ma contou com a mesma tranquilidade com que tu possivelmente vais lê-la.

4 de dezembro

Peço-te – vê, estou acabado, não suporto mais! Hoje estive sentado ao seu lado – estive sentado, ela tocava no seu piano, eram diversas melodias, e com tanta expressão, tanta! – tanta! O que queres que te diga? Sua irmãzinha enfeitava a boneca nos meus joelhos. Vieram-me lágrimas aos olhos. Curvei-me e vi a sua aliança – minhas lágrimas corriam –, e de repente ela começou a cantar aquela antiga, doce ária, ela começou assim de repente e por minha alma passou um sentimento de consolo, invadiu-me a recordação do passado, do tempo em que ouvi essa ária, dos dias sombrios de desgosto, das esperanças malogradas, e depois — comecei a andar pela sala, meu coração sufocava sob o impacto dessas emoções. "Pelo amor de Deus", exclamei, voltando-me impetuosamente para ela, "pelo amor de Deus, pare!" Ela interrompeu-se e olhou-me assustada. "Werther", disse então, com um sorriso que me trespassou a alma, "Werther, o senhor está muito doente, nem mesmo os seus pratos prediletos lhe apetecem mais. Vá para casa, peço-lhe, e acalme-se." Com grande esforço afastei-me de junto dela e — oh, Deus! Estais vendo o meu sofrimento e a ele poreis termo.

6 de dezembro

Como a sua imagem me persegue! Ela toma conta de toda a minha alma, quer esteja desperto, quer sonhando. Aqui, quando fecho os olhos, aqui, atrás da minha fronte, onde se concentra a visão interior, encontram-se os seus olhos negros. Exatamente nesse lugar! Não sei como exprimir-te isso melhor. Quando fecho os olhos, eles estão lá; descansam diante de mim, em mim, como um mar, como um abismo, preenchendo todo o meu sentir.

O que é o ser humano, o tão decantado semideus! Não lhe faltam as forças precisamente quando delas mais necessita? Quando ele se enche de entusiasmo na alegria, ou mergulha na dor, não é refreado em ambos os estados de espírito, não é reconduzido à consciência fria e indiferente, justo no momento em que desejava ardentemente perder-se na plenitude do infinito?

Do editor ao leitor

Como desejaria que acerca dos últimos dias tão singulares do nosso amigo ainda dispuséssemos de documentos suficientes, firmados pelo seu próprio punho, de modo que eu não me visse obrigado a interromper, com este relato, a série de cartas que ele nos deixou.

Tive o cuidado de recolher informes precisos daquelas pessoas que podiam ter conhecimento pleno de sua história; ela é simples e, à exceção de um ou outro pormenor, todos os depoimentos coincidem. Apenas os diversos traços de caráter das personagens suscitaram algumas diferenças de opinião e divergências no julgamento.

Nada nos resta, assim, senão narrar fielmente tudo quanto, após reiterados esforços, nos foi permitido coligir, intercalando sempre as cartas deixadas por Werther e dando a devida atenção até mesmo à mais insignificante anotação que tenhamos encontrado entre os seus papéis. Tal procedimento me parece imprescindível, mesmo porque é tão difícil detectar as verdadeiras razões que determinam os gestos e as ações, por menores que sejam, de homens incomuns.

A tristeza e o abatimento tinham-se enraizado cada vez mais na alma de Werther, formavam um emaranhado inextricável e se apoderavam progressivamente de todo o seu ser. A harmonia de seu espírito estava destruída por completo; um ardor e uma agressividade em seu íntimo, confundindo e embaralhando todas as forças da sua natureza, produziram os efeitos mais funestos e acabaram por lançá-lo num estado de prostração, do qual tentava libertar-se, e que o desesperava ainda mais do que todos os outros males contra os quais tinha lutado até então. A angústia do coração consumiu as últimas forças do espírito, sua vivacidade, a perspicácia. Em reuniões era uma companhia taciturna, cada vez mais infeliz e, também, cada vez mais injusto quanto mais infeliz ia se tornando. É, pelo menos, o que dizem os amigos de Alberto; eles afirmam que Werther foi incapaz de formar uma opinião acerca de um homem calmo e correto que havia conquistado uma felicidade há muito desejada, nem sobre a sua pretensão de garantir essa felicidade para o futuro – ele que, por assim dizer, a cada dia consumia toda a sua fortuna, para à noite viver na mais completa indigência. Alberto, segundo dizem, não mudara em tão pouco tempo, era o mesmo homem que Werther conhecera no início, e que tanto havia estimado e respeitado. Ele amava Carlota acima de tudo, orgulhava-se dela e desejava vê-la reconhecida por todos como a mais adorável das criaturas. Pode-se recriminá-lo por ter querido afastar dela até a menor sombra de uma suspeita, por não desejar repartir com ninguém, nem do modo mais inocente, este tesouro precioso? Todos reconhecem que Alberto muitas vezes saiu da sala, quando Werther vinha ver Carlota; mas não o fazia por ódio ou aversão pelo amigo, e sim porque sentia que a sua presença o oprimia.

O pai de Carlota, acometido de um mal que o retinha em casa, enviou uma carruagem à filha, e esta foi visitá-lo. Era um belo dia de inverno, a primeira neve caíra e cobria toda a região com uma camada espessa.

Na manhã seguinte, Werther foi ao seu encontro, para acompanhá-la de volta à cidade, caso Alberto não a viesse buscar.

O dia claro não contribuiu para desanuviar o seu espírito sombrio, um peso indistinto oprimia-lhe a alma, as imagens soturnas se tinham fixado em sua mente, que já não sabia outra coisa senão mover-se de um pensamento doloroso para outro.

Assim como vivia em eterna desarmonia consigo mesmo, parecia-lhe que também os outros se encontravam em situação crítica e confusa. Acreditava ter perturbado o bom entendimento entre Alberto e sua esposa, e nas recriminações que fazia a si próprio por isso misturava-se um secreto despeito contra o marido.

Durante o trajeto, seus pensamentos voltaram a concentrar-se no assunto. "Sim, sim", dizia a si mesmo, rilhando os dentes, "eis o que, na realidade, significa essa união íntima, afetuosa, carinhosa e solidária, essa fidelidade serena e duradoura! Significa saturação e indiferença! Um negócio, qualquer que seja, não tem para ele maior importância do que sua esposa adorável? Sabe ele dar o devido valor à sua felicidade? Sabe ele respeitá-la como ela merece? Ela lhe pertence, muito bem, ela lhe pertence — sei disso, como sei de outras coisas mais, acreditava haver-me habituado a esse pensamento, mas ele ainda me enlouquecerá e vai me matar. E sua amizade por mim, ainda subsiste? Na minha afeição por Carlota, não estará ele vendo uma interferência nos seus direitos, nas minhas atenções para com ela, não estará pressentindo uma censura silenciosa? Sei muito bem, sinto que não lhe agrada ver-me, que para ele seria um alívio se eu me afastasse, que minha presença lhe é penosa."

Por várias vezes diminuiu a rapidez dos passos, por mais de uma vez quedou parado, como se quisesse voltar; mas acabava prosseguindo no caminho, e em meio a tais pensamentos e solilóquios chegou, finalmente, contra a vontade, por assim dizer, ao pavilhão de caça.

Entrou, perguntou pelo velho e por Carlota, e percebeu um certo alvoroço na casa. O menino mais velho contou-lhe que havia acontecido uma desgraça em Wahlheim, pois um camponês tinha sido assassinado. A notícia deixou Werther indiferente. Ao entrar na sala, encontrou Carlota ocupada em dissuadir o pai, que, apesar de doente, insistia em ir até o local do crime e investigar o motivo. Não se sabia ainda quem era o autor do delito, a vítima fora encontrada de manhã, diante da porta da casa, mas havia suspeitas: o morto era empregado de uma viúva, substituindo um outro que tinha sido despedido anteriormente.

Ao ouvir isso, Werther ergueu-se de um salto. "Será possível!", exclamou, "preciso ir até lá imediatamente." Saiu apressado na direção de Wahlheim, todas as recordações vieram à sua mente, e ele não duvidava por um momento de que o assassino era aquele homem com quem falara tantas vezes e a quem se afeiçoara tanto.

Ao passar sob as tílias, para chegar à estalagem onde tinham depositado o corpo, horrorizou-o esse lugar outrora tão amado.

O local, onde as crianças da vizinhança haviam brincado tantas vezes, estava manchado de sangue. Amor e fidelidade, os mais belos sentimentos do homem, tinham se transformado em violência e assassinato. As árvores majestosas estavam desfolhadas e cobertas de geada, os belos arbustos que se debruçavam sobre o muro baixo do cemitério tinham perdido a folhagem, deixando entrever os túmulos cobertos de neve.

Quando ele se aproximava da estalagem, diante da qual estava reunida a aldeia inteira, começou de repente uma gritaria. Via-se ao longe um grupo de homens armados, e todos diziam que estavam trazendo o assassino. Werther olhou bem, e não teve dúvidas. Sim, realmente era o empregado que tanto amava aquela viúva, era o mesmo homem que ele encontrara, há algum tempo, caminhando a esmo, cheio de uma fúria silenciosa e de secreto desespero.

"Infeliz, o que foi que fizeste?", exclamou Werther, indo ao encontro do prisioneiro. Este o olhou calmamente, em silêncio, respondendo, então, com toda a serenidade: "Ninguém a terá, ela não terá ninguém." Levaram-no para a estalagem, e Werther afastou-se apressadamente.

O violento choque pôs todo o seu ser em alvoroço e transtornou-o profundamente. Por momentos viu-se arrancado da tristeza, do seu desalento e da sua resignação passiva; apoderou-se dele, irresistível, um sentimento de pena e o desejo indizível de salvar aquele homem. Achava-o tão infeliz, considerava-o tão inocente, apesar do crime, e identificava-se de tal modo com a sua situação que acreditava firmemente também poder convencer outras pessoas da sua opinião. Desejou poder defendê-lo imediatamente, e já o discurso mais veemente aflorava-lhe aos lábios. Com passos apressados dirigiu-se ao pavilhão de caça, e no caminho foi dizendo a meia voz tudo quanto pretendia dizer ao bailio.

Ao entrar na sala, encontrou Alberto, o que o contrariou por alguns instantes. Logo, porém, tornou a recompor-se e expôs calorosamente ao bailio o seu modo de pensar. Este sacudiu várias vezes a cabeça e, embora Werther apresentasse com a maior vivacidade, com toda paixão e sinceridade, tudo quanto um homem pode dizer em defesa de outro, o bailio, como facilmente se pode imaginar, não se deixou comover. Ao contrário, interrompeu o nosso amigo, contestou suas palavras com fervor e censurou-o por tentar proteger um assassino; explicou-lhe que, desse modo, todas as leis seriam nulas e a segurança pública estaria ameaçada; acrescentou que nada podia fazer neste caso, sem assumir uma enorme responsabilidade, e que tudo devia processar-se de acordo com a ordem e a legislação.

Ainda não se rendendo, Werther pediu ao bailio que, pelo menos, fechasse os olhos se alguém tentasse ajudar o homem a fugir. Esse pedido foi igualmente recusado. Alberto, entrando finalmente na conversa, apoiou o ponto de vista do velho. Werther viu-se derrotado e, com um terrível sentimento de dor, pôs-se a caminho, após ouvir o bailio dizer várias vezes: "Não, ele não pode ser salvo!"

Essas palavras devem tê-lo impressionado profundamente, segundo depreendemos de um bilhete que encontramos entre os seus papéis, e que certamente foi escrito naquele mesmo dia:

"Não podes ser salvo, ó infeliz! Bem vejo que ninguém de nós pode se salvar."

O que Alberto disse na presença do bailio sobre a situação do prisioneiro melindrou Werther profundamente: julgou ter percebido nas suas palavras alguma suscetibilidade contra si próprio, e embora após várias reflexões sua perspicácia lhe dissesse que os dois homens talvez tivessem razão era-lhe impossível admiti-lo e concordar com eles, pois seria como renunciar ao seu mais íntimo ser.

Entre os seus papéis encontra-se um bilhete que se refere à questão, e talvez revele toda a natureza do seu relacionamento com Alberto:

"De que me adianta dizer e repetir que ele é honesto e bom, se isso me dilacera o coração; não consigo ser justo."

Como fosse uma noite tépida e o tempo começasse a prenunciar o degelo, Carlota e Alberto voltaram a pé. No trajeto, ela se voltava para trás de quando em quando, como se sentisse falta da companhia de Werther. Alberto começou a falar dele, censurando-o, mas fazendo-lhe justiça. Referiu-se à sua paixão infeliz e expressou o desejo de encontrar meios de afastá-lo. "Desejo-o também por nós", disse ele, acrescentando: "E peço-te que procures modificar o seu comportamento em relação a ti, que diminuas a frequência das suas visitas. As pessoas estão começando a notá-las, e sei que já se andou falando sobre isso." Carlota não respondeu, e Alberto pareceu magoado com o seu silêncio;

pelo menos, a partir desse dia nunca mais tocou no nome de Werther na sua presença, e quando ela o mencionava interrompia a conversa ou mudava de assunto.

A tentativa inútil empreendida por Werther para salvar o infeliz foi a última fulguração de uma chama que se extingue. Após o episódio, ele mergulhou ainda mais profundamente na dor e na letargia. E, sobretudo, ficou quase fora de si quando soube que possivelmente seria convocado como testemunha contra o jovem que, a partir de certo momento, se pôs a negar o crime cometido.

Tudo quanto lhe acontecera de desagradável na vida ativa, os dissabores na Embaixada, todas as suas frustrações e mágoas ocupavam incessantemente a sua alma. Tudo isso parecia-lhe justificar o seu ócio, achava-se despojado de toda e qualquer perspectiva, incapaz de encontrar um ponto de apoio qualquer para enfrentar os assuntos da vida cotidiana. E, assim, inteiramente entregue aos seus sentimentos exacerbados, à sua maneira de pensar e, sobretudo, a uma paixão incurável, mergulhado na eterna monotonia de um convívio triste com a criatura adorável e amada, cuja paz perturbava, malbaratando suas forças, num desperdício sem objetivo e sem esperança, ele se aproximava cada vez mais de um fim deplorável.

Sua perturbação, seu amor obsessivo, sua agitação contínua e seu desejo de morrer, tudo isso espelha-se fielmente em algumas cartas que nos deixou, e que transcrevemos em seguida.

Segundo livro

12 de dezembro

Querido Wilhelm, encontro-me no estado em que devem ter ficado aqueles infelizes dos quais se dizia estarem possuídos de um espírito maligno. Por vezes sou tomado desses acessos. Não é medo, nem desejo, é um tumulto interior, incompreensível, que ameaça rasgar-me o peito, que me sufoca! Ai de mim! Ai de mim! Nessas condições ponho-me a errar nos pavorosos cenários noturnos desta estação tão hostil ao homem.

Ontem à noite não consegui ficar em casa. O degelo começou de repente, eu tinha ouvido dizer que o rio havia transbordado, que o volume de água dos regatos crescera, inundando o meu querido vale a partir de Wahlheim. Eram mais de onze horas da noite, e eu corri até o local. Foi um espetáculo terrível ver do alto do rochedo, à luz do luar, aquele turbilhão de águas revoltas cobrindo os campos, as pradarias, as sebes e tudo mais, e o extenso vale transformado num mar tempestuoso, em meio aos uivos do vento! E quando a lua reapareceu, detendo-se sobre uma nuvem negra, e as águas se revolviam e rugiam diante de mim, cobertas de reflexos pavorosos e deslumbrantes — neste momento percorreu-me um tremor e, ao mesmo tempo, um desejo intenso. Ah, com os braços abertos diante do abismo, todo meu ser anelava as suas profundezas, e perdi-me na volúpia da ideia de precipitar naquele torvelinho meus tormentos e meus sofrimentos, de ser arrastado como uma onda! Oh! Não foste capaz de dar o passo decisivo, e pôr termo ao teu suplício! Minha hora ainda não chegou, sinto-o! Ah, Wilhelm, com que alegria teria abdicado da minha natureza humana, para, unindo-me ao vento tempestuoso, rasgar as nuvens, tumultuar as águas! Ah, não será tal ventura concedida, um dia talvez, ao encarcerado?

E quando baixei os olhos melancolicamente para um lugarzinho aprazível onde, sob um salgueiro, tinha descansado com Carlota, após um passeio num dia muito quente, vi que também ali tudo estava inundado. Mal podia reconhecer o salgueiro! Wilhelm! "E suas campinas", pensei, "a região ao redor do seu pavilhão de caça! E nosso caramanchão, como deve ter sido devastado pelas águas torrenciais!" E um raio de sol do passado iluminou minha alma, assim como um sonho com campos, rebanhos e cargos honoríficos derrama luz sobre a alma de um prisioneiro. Lá estava eu, de pé! Não me censuro, porque tenho coragem para morrer. Eu teria... Agora, eis-me aqui como uma velha que respiga a sua lenha das sebes e mendiga seu pão de porta em porta, apenas para prolongar e confortar um pouco a sua triste existência que lentamente se extingue.

14 de dezembro

O que está acontecendo, meu querido amigo? Assusto-me comigo mesmo! Meu amor por ela não é o mais sagrado, puro e fraternal dos amores? Alguma vez nutri em minha alma um desejo condenável? – não quero jurar. E agora esses sonhos! Oh, como tinham razão os homens que atribuíam efeitos tão contraditórios a forças desconhecidas! Essa noite! Estremeço ao dizer que a tive nos braços, apertada contra o peito, cobrindo de beijos incontáveis a sua boca que sussurrava palavras de amor; meus olhos estavam imersos no inebriamento dos seus! Deus! Deverei ser incriminado por, ainda agora, sentir uma profunda felicidade ao recordar aquele prazer ardente em toda a sua intensidade? – Carlota! Carlota! E eu estou acabado! Meus sentidos estão desnorteados, já faz oito dias que não consigo mais pensar, meus olhos estão cheios de lágrimas. Não me sinto bem em parte alguma, e sinto-me bem em toda parte. Não desejo nada, não exijo nada. Seria melhor que me fosse.

Naquela época, e sob tais circunstâncias, a decisão de deixar este mundo havia se fortalecido cada vez mais na alma de Werther. Depois da volta para junto de Carlota, esta tinha sido sempre a sua última perspectiva e esperança; no entanto, ele havia feito a si próprio a promessa de que não agiria precipitadamente, e que somente daria esse passo com plena convicção, com uma determinação a mais calma e serena possível.

Suas dúvidas, os conflitos em que se debatia, revelam-se em um bilhetinho sem data, que provavelmente constitui o começo de uma carta a Wilhelm, e foi encontrado entre os seus papéis:

"Sua presença, seu destino, a preocupação que demonstra para com a minha sorte, conseguem ainda extrair as últimas lágrimas do meu cérebro crestado.

"Erguer a cortina e passar para o outro lado! Eis tudo! E por que a hesitação, o medo? Porque não se sabe como é o outro lado. Porque de lá não se regressa mais. E porque é característico do nosso espírito pressentir caos e escuridão, quando nada sabemos ao certo."

Finalmente, ele foi se familiarizando e conciliando cada vez mais com esse triste pensamento; estava firme e irrevogavelmente decidido, como demonstra esta carta ambígua que escreveu ao seu amigo:

20 de dezembro

Agradeço a tua amizade, Wilhelm, por teres interpretado as minhas palavras dessa maneira. Sim, tens razão: seria melhor que eu me fosse. Tua sugestão de voltar para junto de vocês não me agrada muito; ao menos ainda gostaria, antes, de fazer uma pequena viagem, principalmente porque a previsão é de geadas constantes e, portanto, de bons caminhos. Também fico contente por dizeres que me virás buscar; apenas peço-te que ainda esperes duas semanas, e que aguardes mais uma carta minha, dando-te os pormenores. Nada deve ser colhido, antes de estar completamente maduro. E duas semanas a mais, ou a menos, fazem grande diferença. Por favor, diz à minha mãe que reze pelo seu filho, e que lhe peço perdão por todos os dissabores que lhe causei. Sempre foi meu destino entristecer aqueles a quem devia proporcionar felicidade. Adeus, meu caríssimo amigo! Deus te abençoe! Adeus!

O que se passou na alma de Carlota naquela época, quais os seus sentimentos para com o marido e para com o seu infeliz amigo, mal nos atrevemos a expressar com palavras, embora, conhecendo o seu caráter, possamos fazer uma ideia; e uma bondosa alma feminina poderá facilmente identificar-se com a dela e compreender o que ela sentia.

É certeza, porém, que ela estava firmemente resolvida a tudo fazer para afastar Werther; e, se hesitava, era por uma indulgência afetuosa, pois ela sabia quão penosa lhe seria a partida, sim, que ela lhe pareceria quase impossível. Mas, naqueles dias, ela sentia-se cada vez mais pressionada a tomar uma atitude. Seu marido jamais tocava no assunto, assim como também ela sempre guardara silêncio a respeito, motivo pelo qual, mais do que nunca, ela desejava provar-lhe, através de atos, que seus sentimentos eram dignos dos dele.

No mesmo dia em que Werther havia escrito a carta que acabamos de transcrever, era o domingo antes do Natal, ele foi visitar Carlota à noite e encontrou-a sozinha. Ela estava ocupada em arrumar alguns brinquedos com que pretendia presentear os irmãos no Natal. Werther falou da alegria que as crianças iam ter, e dos tempos em que também ele se encantava e deslumbrava quando a porta se abria de repente, e à sua frente se erguia um pinheiro enfeitado com velas, doces e maçãs. Carlota, ocultando o seu embaraço atrás de um sorriso amável, respondeu: "O senhor também terá o seu Natal, se for bem-comportado; uma velinha, e mais uma outra coisa." "E o que significa ser 'bem-comportado'?", exclamou ele; "Como poderei sê-lo, o que devo fazer? Minha cara Carlota!" "Quinta-feira à noite", retrucou ela, "é véspera de Natal, as crianças virão, o meu pai também, e cada um receberá o seu presente. Aí o senhor virá também, mas não antes." Werther ficou surpreso. "Peço-lhe", prosseguiu ela, "é necessário que assim seja, peço-lhe pelo meu sossego; as coisas não podem continuar como estão, não podem." Ele desviou os olhos de Carlota e pôs-se a caminhar pela sala, murmurando entre os dentes: "Não podem continuar como estão!" Carlota, sentindo o terrível estado em que essas palavras o tinham precipitado, procurou distraí-lo com diversas perguntas, mas foi em vão. "Não. Carlota", exclamou ele, "não a verei mais!" "Mas por quê?", respondeu ela. "Werther, o senhor pode, o senhor deve tornar a ver-nos, apenas precisa moderar-se. Oh! Por que o senhor teve de nascer com essa impetuosidade, com essa paixão irrefreável por tudo o que desperta a sua atenção! Peço-lhe", continuou ela, tomando-lhe a mão, "contenha-se! O seu espírito, seus conhecimentos, seus talentos não lhe oferecem as mais diversas satisfações? Seja um homem e ponha de lado essa triste afeição por uma criatura que nada pode fazer senão compadecer-se do senhor." Ele rilhou os dentes e olhou-a sombriamente. Ela segurava sua mão. "Reflita por um momento apenas, Werther!", disse ela. "O senhor não sente que está enganando a si mesmo, que está se destruindo deliberadamente? Por que eu, Werther? Justamente eu, que pertenço a outro? Por que isso? Temo, temo que seja apenas a impossibilidade de me possuir que torne esse desejo tão ardente." Ele retirou a mão, encarando-a com um olhar fixo e agastado. "Palavras sábias!", exclamou, "muito sábias! Será que não foi Alberto quem fez essa observação? Diplomática! Muito diplomática!" "Qualquer um pode fazê-la", replicou ela. "E não existirá no mundo inteiro alguma jovem que possa satisfazer os anseios do seu coração? Empenhe-se, procure-a, e eu lhe asseguro que a encontrará. Porque há muito tempo me preocupa, pelo senhor e por nós, o isolamento a que se condenou nos últimos tempos. Uma viagem poderá, deverá distraí-lo. Procure, encontre alguém digno do seu amor, depois retorne, e deixe-nos usufruir juntos da felicidade proporcionada por uma verdadeira amizade."

"Isto", respondeu Werther com um sorriso frio, "poderia ser impresso e recomendado a todos os professores. Querida Carlota, dê-me apenas mais alguns dias de sossego, tudo há de se arranjar!" "Peço-lhe apenas uma coisa, Werther: não venha antes da véspera de Natal!" Ele ia responder, mas Alberto entrou na sala. Trocaram um gélido "boa-noite" e, constrangidos, puseram-se a caminhar pela sala, Werther começou uma conversa sobre coisas insignificantes, que logo se esgotou; Alberto fez o mesmo e, em seguida, dirigiu-se à esposa, perguntando por determinadas incumbências que lhe havia dado. Ao ouvir que os assuntos em questão ainda não estavam resolvidos, disse-lhe algumas palavras que a Werther pareceram frias, e até mesmo duras. Quis retirar-se, mas não pôde; foi adiando a partida até as oito horas, sentindo aumentar mais e mais o azedume e o despeito. Finalmente, ao ser posta a mesa para o jantar, ele tomou a bengala e o chapéu. Alberto convidou-o a ficar, mas Werther, acreditando tratar-se apenas de uma polidez convencional, agradeceu friamente e despediu-se.

Ao chegar em casa, tomou a lâmpada da mão do criado que se dispunha a guiá-lo e foi sozinho para o quarto; lá, soluçou demoradamente, falou de modo colérico consigo mesmo, andou de um lado para o outro com passadas impetuosas e, finalmente, atirou-se vestido no leito; nesse estado encontrou-o o criado, que, por volta das onze horas, ousou entrar no quarto e perguntar se devia tirar as botas do seu amo. Este consentiu e proibiu o criado de aparecer na manhã seguinte sem ser chamado.

Na segunda-feira cedo, dia 21 de dezembro, ele escreveu a seguinte carta a Carlota, encontrada, após a sua morte, lacrada sobre a sua escrivaninha e entregue à destinatária. Transcreverei, aqui, alguns parágrafos dessa carta, tal como presumivelmente, a julgar pelas circunstâncias, foram redigidos por Werther.

Está decidido, Carlota, desejo morrer e escrevo-te isto serenamente, sem exaltação sentimental, na manhã do dia em que te verei pela última vez. Quando leres esta carta, minha cara, a terra fria já estará cobrindo os restos rígidos deste infeliz, deste homem desassossegado, que nos seus últimos momentos de vida não conhece doçura maior do que falar contigo. Tive uma noite terrível e, ai de mim, também uma noite benfazeja. Ela fortaleceu a minha decisão: quero morrer! Ontem, ao afastar-me a custo de junto de ti, com os sentidos em medonho tumulto, o coração sufocado por todos os tormentos que tenho sofrido, sentindo um frio pavoroso invadir-me em face da existência sombria e sem esperança ao teu lado – mal pude chegar ao meu quarto. Fora de mim, caí de joelhos, e vós, ó Deus, me concedestes o último consolo das lágrimas mais amargas! Mil planos, mil perspectivas turbilhonaram na minha alma e, por fim, lá estava ele, firme, inabalável, o último e único pensamento: quero morrer!

Deitei-me, e agora, de manhã, na tranquilidade do despertar, ele ainda continua firme e forte no meu coração: quero morrer! Não é o desespero, é a certeza de que atingi o limite do sofrimento e de que me sacrificarei por ti. Sim, Carlota, por que hei de ocultar-te o que penso? Um de nós três precisa desaparecer, e sou eu quem deve deixar de existir. Oh, minha querida, neste coração dilacerado muitas vezes insinuou-se com violência o pensamento de – matar teu marido! – a ti! – a mim mesmo! Que seja então! Quando, numa bela noite de verão, subires a colina, lembra-te de mim, de como tantas vezes me viste surgindo do fundo do vale, indo ao teu encontro. Depois, volve os olhos para o cemitério, na direção do meu túmulo, sobre o qual a aragem estará agitando a grama alta, à luz do sol poente. Eu estava calmo, quando comecei a escrever, agora choro como uma criança, ao antever tudo em imagens tão nítidas.

Por volta das dez horas, Werther chamou o criado; enquanto se vestia, disse-lhe que dentro de alguns dias faria uma viagem e ordenou que suas roupas fossem escovadas e devidamente acondicionadas; além disso, incumbiu-o de regularizar as suas contas, de ir buscar alguns livros que tinha emprestado e de pagar dois meses adiantados a diversos pobres, aos quais costumava dar semanalmente determinada soma.

Pediu que lhe trouxessem o almoço ao quarto e após a refeição dirigiu-se a cavalo à casa do bailio, o qual, porém, não se encontrava no momento. Mergulhado em seus pensamentos, pôs-se a caminhar pelo jardim, como se, naqueles instantes finais, quisesse concentrar no coração toda a tristeza de suas recordações.

As crianças não o deixaram em paz por muito tempo, elas o seguiam por toda parte, penduravam-se nele e contavam-lhe que quando passasse amanhã e depois de amanhã, e ainda mais um dia, iriam à casa de Carlota para buscar os presentes de Natal. Em meio a tudo isso, descreviam-lhe as maravilhas que sua imaginação infantil prometia. "Amanhã!", exclamou Werther, "e depois de amanhã! E ainda mais um dia!" Beijou-as carinhosamente e quis retirar-se, quando o menor fez menção de querer segredar-lhe algo ao ouvido. Revelou-lhe que os irmãos mais velhos tinham escrito lindos cartões de felicitações para o Ano-Novo, cartões *deste* tamanho: um para o papai, outro para Alberto e Carlota, e um outro para o sr. Werther. Pretendiam oferecer esses cartões na manhã do Ano-Novo. Ouvindo o pequeno falar dessa maneira, ele foi subjugado pela emoção; deu uma moeda a cada criança, montou seu cavalo, pediu que cumprimentassem o pai em seu nome e partiu com os olhos marejados de lágrimas.

Chegou em casa por volta das cinco horas, mandou que a criada verificasse o fogo na lareira e o mantivesse aceso até a noite. Ao criado ordenou que arrumasse os livros e a roupa na mala, e que enfardelasse os ternos. Foi provavelmente em seguida que escreveu o seguinte parágrafo de sua última carta a Carlota:

"Não estás à minha espera! Acreditas que obedecerei e que só voltarei a vê-la na véspera de Natal. Oh, Carlota! Será hoje, ou nunca mais. Na véspera de Natal, tuas mãos estarão segurando, trêmulas, esta folha de papel, e tuas lágrimas queridas a molharão. Eu quero, preciso! Ah, como me sinto bem por ter tomado minha decisão."

Entrementes, Carlota encontrava-se num estranho estado. Após a última conversa com Werther, ela havia sentido quão penoso lhe seria separar-se dele, e o quanto ele haveria de sofrer se fosse obrigado a afastar-se dela.

Fora dito na presença de Alberto, como que por acaso, que Werther só voltaria na véspera de Natal; Alberto partira para visitar um funcionário na vizinhança, com quem tinha negócios a tratar, e ia pernoitar fora de casa.

Ela estava sozinha, nenhum dos irmãos brincava ao seu redor, e seus pensamentos devaneavam silenciosos em torno de sua situação. Via-se unida para sempre a um homem, cujo amor e fidelidade conhecia, que amava de todo coração e que, tão sereno e digno de confiança, parecia predestinado pelo céu a ser o esteio de uma mulher honrada, permitindo-lhe que sobre ele construísse a felicidade de sua vida. Sentia o que ele sempre representaria para ela e as crianças. Por outro lado, Werther se lhe tornara uma presença tão cara, desde o primeiro momento em que se tinham conhecido a afinidade de seus espíritos se havia manifestado de modo tão agradável, o longo tempo em que desfrutara sua companhia, diversas situações que tinham vivido juntos, tudo isso deixara uma impressão indelével em seu coração. Estava habituada a partilhar com ele tudo quanto sentia e pensava, e a separação ameaçava causar um vazio em todo o seu ser, que não poderia ser preenchido novamente. Oh, que felicidade seria poder transformá-lo num irmão! Se ela tivesse podido casá-lo com uma de suas amigas, haveria até mesmo a esperança de restabelecer a harmonia do seu relacionamento com Alberto!

Mentalmente ela tinha passado em revista todas as suas amigas, uma por uma, mas em todas encontrara defeitos, a nenhuma ela o teria cedido de boa vontade.

Foi somente a partir dessas reflexões que ela sentiu profundamente, embora sem conscientizar-se por inteiro disso, que seu desejo secreto era conservá-lo para si própria; ao mesmo tempo, sabia que não podia e não devia conservá-lo. Sua alma pura e bela, sempre tão livre e pronta a superar os males que viessem a afligi-la, sentiu o peso de uma melancolia que parecia despojá-la de todas as perspectivas de felicidade. Seu coração estava oprimido, e uma nuvem sombria turvava o seu olhar.

O tempo passara com essas conjecturas, e eram seis e meia quando ouviu Werther subindo a escada; imediatamente reconheceu seus passos e sua voz, perguntando por ela. Como bateu seu coração — pela primeira vez, parece-nos lícito dizer — ante essa visita inesperada. Ela teve ímpetos de mandar dizer-lhe que não se encontrava em casa, e quando ele entrou na sala exclamou, numa espécie de perturbação exaltada: "O senhor não cumpriu a palavra!" "Eu nada prometi", foi sua resposta. "Então, ao menos, o senhor devia ter atendido ao meu pedido", replicou ela, "eu havia lhe pedido isso pela nossa tranquilidade, sua e minha."

Ela mal sabia o que dizia ou fazia, ao mandar chamar duas amigas, para não ficar a sós com Werther. Ele colocou alguns livros que havia trazido sobre a mesa, pediu outros, e Carlota ora desejava que suas amigas chegassem logo, ora que não viessem nunca. A criada voltou, dizendo que ambas as amigas mandavam pedir desculpas e não poderiam vir vê-la.

Carlota estava prestes a pedir à criada que ficasse no aposento vizinho, fazendo o seu serviço; mas, em seguida, mudou de ideia. Werther andava de um lado para o outro na sala, ela aproximou-se do piano e começou a tocar um minueto, mas as notas não fluíam. Ela procurou controlar-se e sentou-se calmamente ao lado de Werther, que se acomodara no canapé, no seu lugar habitual.

"O senhor não tem nada para ler?", perguntou ela. Ele não tinha nada. "Ali, na minha gaveta", disse ela, "encontra-se a sua tradução de alguns cantos de Ossian; não os li ainda, pois sempre esperava que o senhor os lesse para mim, mas nunca houve oportunidade." Ele sorriu, foi buscar os cantos, um arrepio percorreu-o ao tomá-los nas mãos, e seus olhos estavam cheios de lágrimas, quando os folheou. Sentou-se novamente e começou a ler.

Estrela do crepúsculo, belo é teu cintilar no ocidente, ergues tua cabeça resplandecente acima da tua nuvem, caminhas majestosa ao longo da tua colina. O que procura teu olhar na charneca? Os ventos tempestuosos amainaram; de longe vem o murmúrio da torrente; ondas rumorejantes marulham de encontro aos rochedos distantes; o zumbido dos insetos esparrama-se pelos campos. O que procuras, esplendorosa luz? Mas sorris e te afastas, as ondas te cercam alegremente e banham teus lindos cabelos. Adeus, sereno fulgor. Aparece, sublime luz da alma de Ossian!

E ela surge com todo vigor. Vejo meus amigos mortos, eles se reúnem em Lora, como nos dias passados. Fingal se aproxima como uma úmida coluna de névoa; ao seu redor estão os seus heróis, e, vê!, os bardos do canto: Ullin, de cabelos grisalhos! majestoso Ryno! Alpin, o cantor amável! E tu, suave e plangente Minona! Como estais mudados, meus amigos, desde os dias festivos de Selma, quando disputávamos as honras do canto, à semelhança das brisas primaveris que roçam a colina e dobram as ervas sussurrantes.

Então, adiantou-se Minona, em toda a sua beleza, os olhos baixos e cheios de lágrimas, seus cabelos esvoaçavam pesadamente ao sopro do vento volúvel que se derramava da colina. A alma dos heróis entristeceu-se quando ela ergueu a sua doce voz, porque muitas vezes tinham visto o túmulo de Salgar e a sombria morada da alva Colma. Colma, de voz harmoniosa, sozinha na colina; Salgar prometera vir, mas a noite se adensava ao seu redor. Escutai a voz de Colma na solidão da colina.

COLMA

É noite! Estou sozinha, perdida na colina fustigada pela tempestade. O vento sibila nas montanhas. A torrente precipita-se dos rochedos. Nenhuma cabana me protege da chuva, sinto-me abandonada na colina fustigada pela tempestade.

Surge, oh, lua, por detrás das nuvens, aparecei, oh, estrelas da noite! Que um raio de luz me guie ao lugar onde meu amado descansa das fadigas da caça, o arco lasso ao seu lado, seus cães ofegantes ao seu redor! Mas preciso ficar aqui, sozinha, no rochedo da torrente sinuosa. A torrente e a tempestade bramem, não ouço a voz do meu amado.

Por que tarda o meu Salgar? Terá esquecido a sua promessa? Ali estão o rochedo, a árvore, e aqui a torrente ruidosa. Prometeste estar aqui ao anoitecer; ah, por onde perdeu-se o meu Salgar? Contigo ia fugir, abandonar pai e irmãos, esses homens orgulhosos! Há muito nossas famílias são inimigas, mas nós não somos inimigos, oh, Salgar!

Cala-te um instante, oh, vento! Silencia por um momento, oh, torrente, para que a minha voz ecoe através do vale, para que o meu viandante me ouça. Salgar, sou eu quem te chama! Aqui estão a árvore, o rochedo! Salgar! meu amado! Estou aqui! Por que tardas a vir?

Vê, a lua surge, as águas rebrilham no vale, os rochedos se destacam cinzentos até o alto da colina, mas eu não o vejo nos cimos, seus cães não anunciam sua chegada. Preciso ficar aqui, sozinha.

Mas quem são aqueles que jazem lá embaixo, na charneca? Meu amado? Meu irmão? Dizei algo, meus amigos! Não respondem. Como se angustia a minha alma! Ai de mim, estão mortos! Suas espadas rubras do combate! Oh, meu irmão, meu irmão, por que mataste meu Salgar? Oh, meu Salgar, por que mataste meu irmão? Amava-vos tanto, a ambos! Oh! Tu eras belo entre mil, lá na colina! A batalha foi terrível. Respondei-me! Escutai minha voz, meus amados! Mas, ai de mim, estão mudos, mudos para sempre! Seu peito está frio como a terra!

Do rochedo da colina, do cume da montanha fustigada pela tempestade, falai-me, oh, espíritos dos mortos! Falai-me, não estremecerei de pavor! Aonde estais repousando? Em qual caverna da montanha vos encontrarei? Nenhuma voz me chega trazida pelo vento, nenhuma resposta me é enviada pela tempestade que brame na colina.

Aqui estou sentada, subjugada pela dor, oh, esperando o amanhecer banhada em lágrimas. Cavai a sepultura, oh, amigos dos mortos, mas não a fecheis até que eu chegue. Minha vida se esvai como um sonho; como haveria de ficar para trás? Quero morar aqui com meus amigos, junto ao rio do rochedo estrondeante — quando a noite descer sobre a colina e o vento soprar na charneca, meu espírito estará no vento, chorando a morte dos meus amigos. O caçador me ouve de sua cabana, teme minha voz e a ama, porque ela será doce ao chorar os meus amigos, eu os amava tanto!

Este foi o teu canto, oh, Minona, de faces suavemente ruborizadas, filha de Torman. As nossas lágrimas correram por Colma, e nossa alma se tornou sombria.

Ullin apareceu com a harpa e ofertou-nos o canto de Alpin — A voz de Alpin era gentil, a alma de Ryno era uma labareda de fogo. Mas eles já repousavam em sua morada estreita, e suas vozes não ressoavam mais em Selma. Certo dia, Ullin retornou da caça, antes de tombarem esses heróis. Ele ouviu o duelo de suas vozes na colina, disputando a primazia. Seus cantos eram suaves, porém tristes. Deploravam a morte de Morar, do primeiro dos heróis. Sua alma era como a alma de Fingal, sua espada era como a espada de Oscar – Mas ele tombou, seu pai se lamentava, e os olhos de sua irmã estavam cheios de lágrimas, os olhos de Minona, a irmã do incomparável Morar, estavam cheios de lágrimas. Ao ouvir o canto de Ullin, ela retraiu-se, tal como a lua no ocidente, que oculta sua bela cabeça nas nuvens, quando pressente a tempestade. Tangi a harpa com Ullin nesse cântico de luto.

Ryno

Cessaram o vento e a chuva, o meio-dia está tão sereno, as nuvens se dispersam. O sol inconstante ilumina a colina com raios fugidios. O rio da montanha corre avermelhado pelo vale. Doce é o teu murmúrio, oh rio; mais doce, porém, é a voz que ouço. É a voz de Alpin, pranteando o morto. A idade curvou-lhe a cabeça, e seus olhos estão vermelhos de tantas lágrimas. Alpin, magnífico cantor, por que estás sozinho na colina silenciosa? Por que entoas esses queixumes, que lembram uma rajada de vento na floresta, uma vaga em praias longínquas?

Alpin

Minhas lágrimas, Ryno, são para o morto, minha voz é para os habitantes do túmulo. Ergues-te esbelto na colina, belo entre os filhos da charneca. Mas tombarás como Morar, e junto de teu túmulo há de chorar aquele que se cobrirá de luto por ti. As colinas te esquecerão, teu arco jazerá frouxo no átrio de tua casa.

Eras ágil, oh, Morar, como um cervo na colina, terrível como um raio que fulgura no céu noturno. Tua cólera era como uma tempestade, tua espada na batalha parecia um corisco sobre a charneca. Tua voz assemelhava-se ao rio da floresta, depois da chuva, ao trovão que ecoa nas colinas longínquas. Muitos tombaram sob os golpes do teu braço, consumidos pela chama da tua ira. Mas, quando retornavas da guerra, como era serena a tua face! Teu semblante era como o sol depois da tormenta, como a lua na noite silenciosa; teu peito respirava tranquilo como o lago após haver cessado o rugir do vento.

Tua morada agora é estreita, sombrio é o lugar onde repousas. Com três passadas meço o teu túmulo, oh, tu, que outrora tinhas uma estatura tão imponente! Quatro pedras cobertas de musgo são o único monumento erguido à tua memória; uma árvore desfolhada, uma relva alta que cicia ao vento, indicam ao caçador a sepultura do poderoso Morar. Não tens mãe que te pranteie, nem noiva que chore as lágrimas do amor. Morta está aquela que te deu à luz, assim como está morta a filha de Morglan.

Quem é que vem se aproximando, apoiado no cajado? Quem é esse cuja cabeça está encanecida pela velhice, cujos olhos se tornaram vermelhos de tanto chorar? É teu pai, oh, Morar, o pai que somente tinha a ti como filho. Ele soube da tua fama nos combates, ouviu falar dos inimigos que dispersaste; ele teve notícia da glória que cobre Morar! Mas, ai, nada lhe disseram sobre o ferimento mortal? Chora, oh, pai de Morar, chora! Teu filho, porém, não te ouve. Profundo é o sono dos mortos, muito distante da superfície está o seu travesseiro de pó. Jamais ele ouvirá a tua voz, jamais acordará ao teu chamado! Oh! Quando há de despontar a alvorada no túmulo, para ordenar àquele que aí repousa: desperta!

Adeus, oh, mais nobre dos homens, conquistador nos campos de batalha! Nunca mais esses campos tornarão a ver-te, nunca mais na floresta sombria refulgirá o brilho da tua espada. Não deixaste nenhum filho, mas nossos cantos eternizarão teu nome na memória dos homens, tempos vindouros ouvirão falar de ti, do grande Morar que tombou na luta.

Pungentes eram as lamentações dos heróis, mais pungentes ainda os suspiros pesarosos de Armin. Vinha-lhe à lembrança a morte de seu filho, tombado na flor da juventude. Carmor, príncipe da ressoante Galmal, sentou-se junto do herói. Por que soluça e suspira, Armin?, perguntou ele, qual o motivo do teu pranto? Hinos e cânticos não ressoam aqui para comover e deleitar a alma? Eles são como a névoa suave que se ergue do lago e se espalha pelo vale, orvalhando as pétalas das flores; mas o sol volta a brilhar com toda a sua força, e as névoas se dissipam. Por que estás tão atormentado, oh, Armin, senhor de Gorma, do reino cercado pelas ondas do mar?

Atormentado! Sim, é o que estou, e não é insignificante a causa da minha dor. Carmor, nunca perdeste um filho, e não sabes o que é perder uma filha na plenitude da beleza; Colgar, o herói destemido, vive, e vive Anira, a mais bela entre as donzelas.

Os rebentos de tua família vicejam, oh, Carmor, mas Armin é o último da sua raça. Sombrio é teu leito, oh, Daura! Insensível é teu sono na tumba — quando despertarás com teus cantos, com tua voz melodiosa? Levantai-vos, oh, ventos outonais! Levantai-vos e soprai tempestuosamente sobre a charneca lúgubre! Rios das florestas, brami! Uivai, tempestades, nas copas dos carvalhos! E tu, oh, lua, caminha por entre nuvens dilaceradas, mostra de quando em quando teu pálido semblante! Lembrai-me a terrível noite em que meus filhos morreram, em que tombou o intrépido Arindal, e Daura, a minha filha adorada, perdeu a vida.

Daura, minha filha, eras formosa, formosa como a lua sobre as colinas de Fura, alva como a neve, doce como o ar que se respira! Arindal, teu arco era forte, tua lança era rápida no campo de batalha, teu olhar semelhava a bruma sobre as ondas, teu escudo reluzia como uma nuvem de fogo na tormenta!

Armar, famoso na guerra, procurou conquistar o amor de Daura; ela não resistiu por muito tempo. Eram belas as esperanças de seus amigos.

Erath, filho de Odgal, estava cheio de rancor, porque seu irmão fora abatido por Armar. E ele veio, disfarçado de barqueiro. Airosa era a sua barca, deslizando sobre as ondas, seus cabelos pareciam embranquecidos pela idade, sereno estava o seu semblante sério. "Oh, mais bela das donzelas", disse ele, "encantadora filha de Armin, lá no rochedo, não longe da praia, lá onde os frutos vermelhos reluzem entre a folhagem das árvores, Armar está esperando por Daura. Vim para conduzir a sua amada pelo mar tempestuoso."

Ela o seguiu e chamou por Armar; nada além da voz do rochedo lhe respondeu. "Armar! Meu amado! Meu amado! Por que me angustias assim? Ouve, filho de Arnarth, ouve! É Daura quem te chama!"

Erath, o traidor, fugiu rindo para a praia. Ela ergueu a voz, clamando pelo pai e pelo irmão: "Arindal! Armin! Nenhum de vós virá salvar a sua Daura?"

A sua voz transpôs as águas. Arindal, meu filho, descia a colina nesse momento, trazendo acalorado a presa da caça; da cintura pendiam-lhe retinindo as flechas, na mão trazia o arco e ao seu lado caminhavam cinco cães de fila preto-acinzentados. Ao ver na praia o audacioso Erath, agarrou-o e o amarrou firmemente ao tronco de um carvalho; os gemidos do prisioneiro ecoaram pelos ares.

Arindal enfrenta as ondas na sua embarcação para buscar Daura. Nisto, chega Armar, furioso, e atira uma seta guarnecida de plumas cinzentas: ela sibila e penetra no teu coração, oh, Arindal, meu filho! Tu morreste em lugar de Erath, o traidor; a barca alcançou o rochedo, Arindal ainda se arrastou até as pedras e morreu. Aos teus pés correu o sangue do teu irmão, como foi grande o teu desespero, oh, Daura!

As vagas estraçalharam a embarcação. Armar precipitou-se no mar, para salvar a sua Daura, ou morrer com ela. De súbito, uma rajada de vento agita as ondas, Armar afunda, as águas crescem ao seu redor, e ele desaparece.

Ouvi os lamentos da minha filha, sozinha no rochedo fustigado pelo mar. Seus gritos eram incessantes e pungentes, mas seu pai não podia salvá-la. Fiquei a noite inteira ali, na praia, a pálida luz da lua permitia-me divisá-la, durante a noite inteira ouvi os seus queixumes, o vento assobiava e a chuva açoitava os flancos da montanha. Sua voz começou a esmorecer aos primeiros clarões da manhã, depois extinguiu-se de todo como a brisa noturna entre as ervas que cobrem os rochedos. Transida de dor, Daura morreu, deixando Armin sozinho e abandonado. Já não existe aquele que era a minha força na guerra, foi-se aquela que era o meu orgulho entre as donzelas.

Quando a tempestade desce da montanha, quando o vento norte encapela as ondas, sento-me na praia estrondeante e contemplo o terrível rochedo. Muitas vezes, ao declinar da lua, vejo os espíritos dos meus filhos caminhando juntos na penumbra, em triste harmonia.

Uma torrente de lágrimas que brotou dos olhos de Carlota, aliviando o seu coração oprimido, interrompeu a leitura de Werther. Ele jogou o manuscrito sobre a mesa, tomou-lhe a mão e verteu as mais amargas lágrimas. Carlota apoiava o rosto na outra mão e escondia os olhos com o lenço. A emoção de ambos era extraordinária. Sentiam a própria infelicidade espelhada no destino daqueles nobres personagens, sentiam-na com a mesma intensidade, e suas lágrimas se misturavam. Os lábios e olhos ardentes de Werther tocaram o braço de Carlota; um tremor percorreu-lhe o corpo e ela quis afastar-se, mas a dor e a compaixão a paralisavam, pesando como chumbo sobre os seus membros. Buscando refazer-se, ela respirou profundamente e pediu-lhe soluçando, com voz angelical, que prosseguisse na leitura. Werther tremia, seu coração queria explodir. Retomando o manuscrito, ele começou a ler com a voz embargada:

"Por que vens despertar-me, oh, brisa primaveril? Tu me acaricias e dizes: 'Refrigero-te com gotas do céu!' Mas aproxima-se o tempo em que murcharei, está próxima a tempestade que me despojará de todas as folhas! Amanhã virá o viandante, virá aquele que me conheceu em pleno esplendor, seus olhos hão de me procurar nas campinas e não me encontrarão."

A força dessas palavras abateu-se sobre o infeliz Werther. Em alucinado desespero, ele atirou-se aos pés de Carlota, tomou-lhe as mãos e comprimiu-as contra os olhos e a testa. Naquele momento, um pressentimento de seu terrível desígnio pareceu percorrer a alma de Carlota. Seus sentidos se confundiram, ela apertou-lhe as mãos, premiu-as contra o peito, inclinou-se para ele com uma emoção melancólica, e suas faces ardentes se encontraram. O mundo inteiro apagou-se ao seu redor. Ele a envolveu com os braços, apertou-a contra o peito e cobriu com beijos impetuosos os seus lábios trêmulos e balbuciantes. "Werther!", exclamou ela com a voz sufocada, desviando o rosto, "Werther!", repetiu, procurando afastá-lo com mãos débeis; "Werther!", exclamou mais uma vez, com um tom contido, que exprimia o mais nobre dos sentimentos. Ele não resistiu, soltou-a e atirou-se aos seus pés completamente fora de si. Ela ergueu-se num ímpeto e, presa de uma perturbação angustiada, fremente, oscilando entre amor e cólera, disse-lhe: "É a última vez, Werther! Nunca mais há de ver-me!" Lançando um olhar cheio de amor sobre o infeliz, ela correu para o aposento contíguo e trancou a porta. Werther estendeu os braços, mas não ousou retê-la. Estava deitado no chão, sua cabeça repousava sobre o canapé; nessa posição ele permaneceu por mais de meia hora, até que um ruído o fez voltar a si — era a criada que vinha arrumar a mesa. Ele pôs-se a andar pela sala e ao ver-se sozinho novamente aproximou-se da porta do quarto e chamou em voz baixa: "Carlota! Carlota! Só mais uma palavra! Um adeus!" Ela não respondeu. Ele esperava, suplicava, esperava. Finalmente, afastou-se com grande esforço, exclamando: "Adeus, Carlota! Adeus para sempre!"

Chegando ao portão da cidade, os guardas, que já o conheciam, deixaram-no passar sem molestá-lo. Chovia e nevava ao mesmo tempo, e foi somente por volta das onze horas que ele bateu à porta de sua casa. O criado notou que seu amo, ao entrar, estava sem o chapéu, mas não ousou fazer nenhuma observação e começou a tirar-lhe a roupa completamente encharcada. O chapéu foi encontrado posteriormente, sobre uma rocha localizada no declive da colina que dá para o vale, e não se compreende como ele conseguiu chegar lá numa noite escura e chuvosa, sem despencar das alturas.

Werther deitou-se e dormiu por muitas horas. Na manhã seguinte, ao trazer-lhe o café, o criado encontrou-o escrevendo. Ele acrescentou as seguintes linhas na carta dirigida a Carlota:

"É a última vez, sim, é a última vez que abro estes olhos. Ai de mim, eles nunca mais verão o sol, empanado agora por um dia cinzento e nevoento. Cobre-te de luto, então, oh, natureza! Teu filho, teu amigo, aquele que te ama aproxima-se do fim. Carlota, este é um sentimento único, incomparável, não obstante tenho a sensação de estar mergulhado num sonho confuso ao dizer estas palavras: esta é a derradeira manhã. A derradeira! Carlota, esta palavra não tem sentido para mim: a derradeira! Não estou eu aqui, em todo o meu vigor? E amanhã estarei estendido inerte no chão? Morrer! O que significa isso? Vê, quando falamos da morte, estamos sonhando. Vi muitas pessoas morrerem, mas a humanidade é tão limitada que ela não consegue compreender o início e o fim de sua existência. Agora ainda me pertenço, sou teu! Teu, oh, minha amada! E no momento seguinte – separado, apartado de ti – talvez para sempre? Não, Carlota, não – como poderei deixar de ser? Como tu poderás deixar de existir? Mas se estamos vivos! Deixar de existir! O que significa isso? É uma palavra apenas, um som vazio, sem sentido para o meu coração. Estar morto, Carlota! Enterrado na terra fria, num túmulo tão estreito, tão sombrio! Tive uma amiga que foi tudo para mim na minha juventude desamparada. Ela morreu, e eu acompanhei o seu enterro. Encontrava-me à beira de sua sepultura quando baixaram o caixão, ouvi o ranger das cordas ao serem içadas do fundo da cova, em seguida ouvi a primeira pá de terra caindo sobre o ataúde, o som lúgubre e surdo que produzia, cada vez mais surdo, mais e mais surdo, até estar inteiramente coberto. Então, atirei-me ao chão, ao lado da sepultura – emocionado, abalado, amedrontado, dilacerado, mas não entendia o que me acontecia – o que vai me acontecer. Morrer! Túmulo! Não entendo o sentido dessas palavras!

"Oh, perdoa-me! Perdoa-me! Ontem! Quisera que tivesse sido o último dia da minha vida. Anjo! Pela primeira vez, sim, pela primeira vez o meu íntimo mais recôndito foi abrasado pela certeza desse sentimento arrebatador: ela me ama! Ela me ama! Ainda arde em meus lábios o fogo sagrado que brotou dos teus lábios, uma felicidade nova, cálida, acalenta o meu coração. Perdoa-me! Perdoa-me!

"Ah, eu sabia que me amavas, sabia-o desde os primeiros olhares ternos, desde o primeiro aperto de mão; não obstante, quando estava longe de ti, quando via Alberto ao teu lado, o desalento tomava conta de mim e me atormentavam dúvidas terríveis.

"Lembras-te das flores que me enviaste, quando, naquela reunião fatídica, não me pudeste dirigir a palavra, nem mesmo estender-me a mão? Oh! Fiquei ajoelhado diante delas quase a noite toda, e elas eram para mim uma prova do teu amor. Mas, ai de mim, essas impressões passavam, assim como na alma do crente vai se dissipando pouco a pouco o sentimento da graça que seu Deus lhe concedeu, em toda a sua plenitude celestial, por meio de sinais sagrados e inconfundíveis.

"Tudo é transitório, mas nenhuma eternidade será capaz de apagar a vida candente que ontem sorvi dos teus lábios e que sinto pulsar em mim! Ela me ama! Estes braços a enlaçaram, estes lábios fremiram sobre os seus, esta boca balbuciou junto à sua boca. Ela é minha! És minha, Carlota, sim, para sempre.

"E o que importa que Alberto seja teu marido? Marido! Ele o é para este mundo — e para este mundo é pecado o fato de eu te amar, de querer arrancar-te dos seus braços para acolher-te nos meus? Pecado? Que seja, e eu me punirei por isto. Esse pecado, eu o saboreei em todo o seu deleite celestial, dele meu coração hauriu o bálsamo da vida e força. A partir daquele momento tu te tornaste minha! Minha, oh, Carlota! Partirei antes de ti! Irei para o meu Pai, para o teu Pai. A Ele direi dos meus sofrimentos, e Ele me consolará até que venhas também. Então, voarei ao teu encontro, te enlaçarei e ficarei eternamente abraçado a ti perante a face do Deus Infinito.

"Não estou sonhando nem delirando. Tão perto da sepultura, vejo tudo mais claramente. Continuaremos a existir e tornaremos a nos ver! Verei tua mãe! Eu a verei, eu a encontrarei, e diante dela desafogarei todas as minhas mágoas. Tua mãe, tua imagem."

Por volta das onze horas, Werther perguntou ao criado se Alberto já tinha retornado. Respondendo afirmativamente, o criado disse-lhe que vira alguém conduzindo o seu cavalo. Werther, então, entregou-lhe um bilhete aberto, contendo as seguintes palavras:

"O senhor poderia emprestar-me as suas pistolas para uma viagem que tenciono fazer? Adeus e felicidades."

Na noite anterior, Carlota mal pudera dormir. O que ela havia receado realmente acontecera, de um modo que ela não pudera nem prever, nem temer. Seu sangue, que de ordinário corria tão inalterado e sereno, agitava-se febrilmente, sentimentos os mais diversos conturbavam aquele coração puro. O que sentia no peito seria o fogo dos beijos de Werther? Seria indignação pela sua audácia? Seria a comparação pesarosa da situação presente com os dias de inocência franca, livre, e de confiança despreocupada em si mesma? Como haveria de encarar o marido, como contar-lhe aquele cena que podia confessar sem nenhum sentimento de culpa, mas que, apesar disso, não ousava confessar? Ambos se haviam calado por tanto tempo a respeito do assunto — caberia a ela ser a primeira a romper o silêncio e fazer ao marido, em hora inoportuna, tão inesperada revelação? Ela já temia que a simples notícia da visita de Werther haveria de produzir em Alberto uma impressão desagradável — qual seria então a sua reação ao saber dessa inesperada catástrofe? Poderia ela esperar que o marido a considerasse à luz dos fatos, aceitando-a sem preconceitos? E podia ela desejar que ele lesse no seu coração? Por outro lado, seria justo recorrer a dissimulações perante o homem a quem sua alma sempre se apresentara clara e límpida como um cristal, e de quem jamais ocultara, jamais pudera ocultar um único sentimento? Essas alternativas, uma como a outra, a inquietavam e lhe causavam grande apreensão; e seus pensamentos não cessavam de voltar-se a todo instante para Werther, que estava perdido para ela, do qual não conseguia desprender-se, que — infelizmente! — tinha de ser abandonado à própria sorte, e para quem, tendo-a perdido, nada mais restava na vida.

Sem percebê-lo nitidamente, oprimia-a agora o desentendimento que se estabelecera entre Werther e Alberto. Por causa de certas diferenças de natureza íntima, os dois homens, ambos tão inteligentes e bons, tinham começado a retrair-se e a guardar silêncio um para com o outro; cada qual negava a razão do outro, e a situação tornara-se de tal modo complicada e tensa que já não fora possível desatar o nó no momento crítico, quando tudo dependia disso. Se uma benfazeja confiança mútua os tivesse reaproximado tempos atrás, se tolerância e afeto recíprocos tivessem desabrochado entre ambos, abrindo os seus corações, talvez nosso amigo ainda pudesse ter sido salvo.

A tudo isso acrescia uma outra circunstância peculiar. Werther, como sabemos por sua correspondência, nunca fez segredo de seu desejo de deixar este mundo. Alberto muitas vezes o contestara, e o assunto fora discutido com frequência entre Carlota e seu marido. Este, repudiando veementemente tal ato, tinha por várias vezes reagido com uma certa irritação, de resto incompatível com o seu caráter, dando a entender que duvidava da seriedade de tal propósito. Chegara até mesmo a fazer pilhérias a respeito, de sorte que a própria Carlota acabara por partilhar dessa descrença. Por um lado, diante das tristes imagens que sua mente evocava, tal pensamento contribuía para tranquilizá-la, mas, por outro, estas mesmas considerações faziam com que se sentisse impedida de revelar ao marido as preocupações que a atormentavam naquele momento.

Alberto retornou, e Carlota foi ao seu encontro embaraçada, com passos precipitados. Ele se mostrava aborrecido, o negócio não tinha sido fechado, o bailio, seu vizinho, provara ser um homem inflexível e mesquinho. Além disso, os péssimos caminhos tinham aumentado a sua irritação.

Ele perguntou se havia ocorrido alguma novidade, e Carlota respondeu apressadamente que Werther ali estivera na noite anterior. Em seguida, ele indagou se havia chegado alguma correspondência, obtendo como resposta que no seu quarto se encontravam alguns pacotes e uma carta. Alberto dirigiu-se para lá, e Carlota ficou sozinha. A presença do homem a quem amava e respeitava provocou uma nova impressão em seu espírito. A lembrança da generosidade do marido, de seu amor e de sua bondade acalmou um pouco seu coração. Sentindo-se secretamente impelida a segui-lo, recolheu a costura e foi para o quarto, como sempre fazia. Encontrou-o ocupado em abrir os pacotes e ler a correspondência. Ao que parecia, algumas notícias eram desagradáveis. Ela fez-lhe algumas perguntas, às quais Alberto respondeu laconicamente; depois, postou-se frente à escrivaninha e pôs-se a escrever.

Assim permaneceram, um ao lado do outro, por uma hora, e o espírito de Carlota ia se tornando cada vez mais sombrio. Sentia quão difícil lhe seria revelar ao marido, ainda que ele estivesse de excelente humor, o assunto que oprimia o seu coração; assim, a melancolia foi se apoderando de seu ser, tanto mais angustiante quanto ela procurava ocultá-la e reprimir as lágrimas.

O aparecimento do criado de Werther causou-lhe o maior embaraço. Ele entregou o bilhete a Alberto, que, despreocupadamente, se voltou para a esposa, dizendo-lhe: "Entrega-lhe as pistolas." "Diga-lhe que desejo uma boa viagem", acrescentou, dirigindo-se ao rapaz. Essas palavras atingiram Carlota como um raio; ela levantou-se cambaleante, sem saber ao certo o que acontecia ao seu redor. Lentamente caminhou até a parede, em seguida, trêmula, retirou as pistolas, limpou a poeira, e lá quedou hesitante; assim teria permanecido por muito tempo se um olhar inquiridor de Alberto não a forçasse a mover-se. Entregou os sinistros instrumentos ao criado, incapaz de dizer uma única palavra. Assim que ele saiu, guardou a costura e recolheu-se ao seu quarto, a mais indizível incerteza afligindo o seu coração, que lhe pressagiava desgraças terríveis. Ora sentia ímpetos de atirar-se aos pés do marido e contar-lhe tudo, a história da noite anterior, sua culpa e seus pressentimentos; ora lhe parecia que tal gesto a nada levaria, e que muito menos lhe seria dado convencer Alberto a procurar Werther. A mesa estava posta, e uma boa amiga, que apenas viera em busca de uma informação, para logo em seguida retirar-se — mas que acabou ficando para o jantar —, tornou suportável a conversação durante a refeição; todos procuraram vencer o constrangimento reinante, cada qual conversou, contou histórias, esquecendo, por fim, as preocupações.

O criado entregou as pistolas a Werther, que lhas tomou encantado das mãos, ao saber que Carlota as havia retirado pessoalmente da parede. Pediu que lhe trouxessem pão e vinho, ordenou ao rapaz que fosse jantar e sentou-se à mesa para escrever:

"Elas passaram por tuas mãos, tu as limpaste, eu as beijo mil vezes, pois as tocaste! E tu, espírito do céu, favoreces o meu desígnio, tu, Carlota, passas os instrumentos às minhas mãos, tu, de cujas mãos desejava receber a morte, e de quem a recebo agora. Ah! fiz perguntas incontáveis ao meu criado. Disse-me ele que tremias quando lhe entregaste as armas, mas não me enviaste nenhum adeus! Ai de mim, ai de mim, nenhum adeus! Terias fechado o teu coração por causa do momento que me uniu a ti para sempre? Carlota, nem milhares de anos serão capazes de apagar essa impressão! Eu sinto que não poderás odiar aquele cujo coração arde assim por ti."

Após o jantar, Werther ordenou ao criado que acabasse de arrumar os seus pertences nas malas, rasgou uma grande quantidade de papéis e saiu, a fim de saldar algumas pequenas dívidas. Voltou para casa, tornou a sair, apesar da chuva, e foi dar um passeio no jardim do conde; em seguida, pôs-se a andar a esmo pelos arredores. Ao cair da noite, regressou e escreveu as seguintes linhas:

"Wilhelm, vi pela última vez os campos, a floresta e o céu. Adeus, a ti também. E tu, querida mãe, perdoa-me! Peço-te, Wilhelm, consola-a! Deus vos abençoe! Minhas coisas e meus negócios estão todos em ordem. Adeus! Tornaremos a nos ver, sob circunstâncias mais felizes."

"Não retribuí devidamente a tua amizade, Alberto, e peço que me perdoes. Perturbei a paz do teu lar, por minha culpa nasceu a desconfiança entre ti e Carlota. Adeus! Porei termo a tudo isso. Ah, como desejaria que minha morte vos trouxesse a felicidade! Alberto! Alberto! Torna feliz aquele anjo! E que a bênção de Deus te acompanhe!"

Durante a noite, ainda remexeu por muito tempo nos seus papéis, rasgou vários deles, atirando-os ao fogo, lacrou alguns pacotes e endereçou-os a Wilhelm. Continham pequenos ensaios e pensamentos esparsos, muitos dos quais tive oportunidade de ler. Às dez horas, depois de ter mandado que colocassem mais lenha na lareira e de ter pedido uma garrafa de vinho, ordenou ao criado, cujo quarto, bem como os dos demais empregados, ficava bem no fundo da casa, que fosse dormir. Obedecendo, ele deitou-se vestido, para poder levantar bem cedo na manhã seguinte; pois o seu amo lhe havia dito que os cavalos da posta estariam na frente da casa antes das seis horas.

Depois das onze horas

"Tudo é tão tranquilo ao meu redor, e minha alma está tão serena. Agradeço-Vos, oh, Deus, por me concederdes, nos derradeiros momentos, este calor, esta força.

Aproximo-me da janela, minha querida, e por entre as nuvens tempestuosas, que passam velozmente, impelidas pelo vento, ainda vejo brilhando algumas estrelas do céu infinito. Não, não caireis, o Senhor Eterno vos ampara, assim como ampara a mim. Vejo as lanças cintilantes da Ursa, minha constelação preferida. Quando te deixava à noite, quando saía da tua casa, eu a via diante de mim, lá no alto. Quantas vezes a contemplei inebriado, quantas vezes, com as mãos erguidas, dela fiz o símbolo, o marco sagrado da felicidade que então me invadia! E ainda agora, oh,

Carlota, o que é que não me faz pensar em ti! Não estás presente em tudo o que me rodeia? E não é verdade que, como uma criança, tenho me apossado insaciavelmente de mil pequeninas coisas que tu, minha santa, tocaste?

Querida silhueta! Eu a restituo às tuas mãos, oh, Carlota, pedindo-te que a veneres. Cobri-a de milhares de beijos, milhares de vezes acenei-lhe ao sair de casa ou ao regressar.

Escrevi um bilhetinho ao teu pai, solicitando-lhe que cuide dos meus restos mortais. No cemitério, no canto do fundo que dá para o campo, há duas tílias; é ali que desejo repousar. Ele certamente fará isso por seu amigo. Pede-lhe, tu também, que ele cumpra essa minha última vontade. Não vou pretender que cristãos piedosos sepultem os seus corpos ao lado de um pobre infeliz. Ah, quisera ser enterrado à beira da estrada, ou no fundo do vale solitário, onde o sacerdote ou levita, ao verem a pedra tumular, haveriam de passar fazendo o sinal da cruz, e o samaritano verteria uma lágrima.

Vê, Carlota! Não estremeço ao tomar nas mãos a fria e terrível taça, da qual deverei sorver a embriaguez da morte! Tu mesma ma ofereceste, e não hesito por um momento sequer. É assim que todos, todos os desejos e todas as esperanças da minha vida se realizam! Gélido e hirto bato às éreas portas da morte.

Ah, quem me dera ter alcançado a ventura de morrer por ti, de sacrificar-me por ti, Carlota! Morreria corajosamente, morreria feliz, se pudesse restituir-te a paz e a alegria de viver. Mas, ai de mim, a muito poucas e privilegiadas pessoas é concedida a felicidade de derramar o seu sangue por aqueles que lhes são caros e assim, através da morte, neles despertar uma vida nova, infinitamente mais ditosa.

É com as roupas que trago agora, Carlota, que desejo ser enterrado: tu as tocaste e sagraste. Fiz o mesmo pedido ao teu pai. Minha alma estará pairando sobre o caixão. Que ninguém revolva os meus bolsos. Este laço cor-de-rosa, que trazias afixado no corpete quando te vi pela primeira vez em meio às crianças — oh! beija-as mil vezes, e conta-lhes a história do seu infeliz amigo. Os meus queridos pequenos! Vejo-os agitados ao meu redor. Ah, como me senti preso a ti desde o primeiro instante, como nunca mais pude imaginar a minha vida sem ti! Desejo ser enterrado com este laço. Tu mo deste no dia do meu aniversário! Com que sofreguidão recebi todos os teus presentes! Ai, nunca pensei que meu caminho haveria de me conduzir até aqui! Fica tranquila! Suplico-te, fica tranquila!

Elas estão carregadas — é meia-noite! Assim seja, então! — Carlota, Carlota! Adeus! Adeus!"

Um vizinho viu o clarão da pólvora e ouviu o tiro, mas, como tudo voltasse a ficar em silêncio, não deu maior atenção ao fato.

Às seis horas da manhã seguinte, o criado entra no quarto com a lamparina. Encontra o amo estendido no chão, a pistola e o sangue. Chama-o, sacode-o, e não recebe nenhuma resposta. Werther agoniza. Ele corre em busca do médico, procura Alberto. Carlota ouve o soar da campainha, um tremor apodera-se de todos os seus membros. Ela acorda o marido, ambos saltam da cama, o criado, soluçando e gaguejando, dá-lhes a notícia, Carlota desmaia aos pés de Alberto.

Quando o médico chegou, o infeliz jazia no chão, e não havia esperanças de salvá-lo. Seu pulso ainda batia, mas todos os seus membros estavam paralisados. Ele havia disparado o tiro na cabeça, acima do olho direito, os miolos estavam estourados. Como se não bastasse, deram-lhe uma sangria no braço, o sangue corria, e ele continuava a respirar.

Pelo que se podia deduzir do sangue que manchava o espaldar da poltrona, Werther estava sentado à escrivaninha quando se suicidou; em seguida, escorregou da cadeira e contorceu-se convulsivamente em torno da mesma. Jazia perto da janela, sem forças, de costas, inteiramente vestido e calçado, trajando o fraque azul e o colete amarelo.

A casa, a vizinhança, a cidade inteira alvoroçaram-se. Alberto entrou no aposento. Entrementes, haviam colocado Werther no leito e cingido a sua testa com ataduras. Seu semblante já era o de um morto, ele não esboçava um único movimento. Os pulmões ainda arquejavam de um modo horrível, ora debilmente, ora com mais força. Esperava-se o fim a cada momento.

Do vinho que pedira, bebera apenas um copo. O drama *Emilia Galotti* encontrava-se aberto em cima da escrivaninha.

Sobre a consternação de Alberto, sobre o desespero de Carlota nada direi.

O velho bailio, assim que soube da notícia, veio rapidamente e beijou o moribundo, vertendo as mais ardentes lágrimas. Seus filhos mais velhos chegaram logo em seguida e, caindo junto ao leito com a mais intensa expressão de dor, beijaram as mãos e a boca do desfalecido. O maior deles, a quem Werther sempre dedicara carinho especial, uniu os seus lábios aos dele, até o seu último suspiro, quando foi preciso arrancá-lo dali à força. Werther morreu ao meio-dia. A presença do bailio e as providências por ele tomadas evitaram um tumulto. À noite, por volta das onze horas, ordenou que sepultassem o infeliz no local que ele próprio havia escolhido. O ancião e seus filhos acompanharam o séquito, Alberto não teve forças para fazê-lo. Temia-se pela vida de Carlota. Trabalhadores transportaram o corpo. Nenhum sacerdote esteve presente.

1ª edição 1994 | 3ª edição 2007 | 3ª reimpressão 2014
Diagramação Studio 3 | **Fonte** Spectrum MT 12 pt | **Papel** Chambril Book 90 g/m²
Impressão e acabamento Yangraf